"라티나, 「나, 함께, 그대, 가?」"
데일의 그 말에
이번에야말로 확실하게
놀란 얼굴을 한 아이―라티나는
끄덕, 고개를 위아래로 움직였다.

등장인물 소개

루돌프 슈미트
라티나가 신경 쓰이는 듯?
다소 몸집이 큰 소년으로
라티나의 친구2.

클로에 슈나이더
씩씩한 소녀.
아이들의 리더 같은 존재이다.
라티나의 친구1.

라티나
의외로 완고한 면도 있다.
순수하고 다정하고
데일이 주운 마족 소녀.
똑똑하지만

안토니 호프만
호리호리한 체격에 머리가 좋은 소년.
라티나의 친구4.

마르셀 베커
살짝 통통한 빵집 아들.
라티나의 친구3.

완전히 딸바보?!
실력 있는 모험가지만 라티나에 관해서는
라티나의 보호자가 된 청년.

데일 레키

아내와 함께 데일과 라티나의 생활을 지켜본다.
데일이 하숙하는 주점 「춤추는 범고양이」의 주인.

케니스 클뤼겔

아이를 좋아해서 라티나도 귀여워하고 있다.
케니스의 아내로 「춤추는 범고양이」의 간판아가씨.

리타 클뤼겔

"사랑해."

"라티나도, 데일을,
제일 사랑해……."

아주 희미하게라도 미소 지어 준
소녀를 보고 크게 안도했다.
이 아이의 미소를 위해서라면
자신은 지금보다 더 힘낼 수 있다.
그런 생각을 가슴속에 품으면서—.

우리 딸을 위해서라면, 나는 마왕도 쓰러뜨릴 수 있을지 몰라.

For my daughter,
I might defeat
even the archenemy.

저자 CHIROLU
일러스트 트뤼프
옮긴이 송재희

For my daughter,
I might defeat even the archenemy.

Contents

네가 태어났을 때, 하늘에는 커다란 무지개가 걸려 있었단다.

맞아. 무지개는 모든 『사람』이 일곱 가지 색으로 표현하지. 말도 문화도 다른데 말이야.

그건 무지개가 세계의 의지이기도 한 위대한 존재— 신의 일부이기 때문이야. 신은 일곱 분 존재해. 사람들이 『일곱 색깔 신』이라고 부르는 게 그거야.

『빨강의 신』은 전쟁의 신. 조정과 심판의 신이기도 해. 곤란한 일이 생겼을 땐 이 신전을 찾아가면 돼.

『주황의 신』은 풍요의 신. 작물이 잘 자라기를 기도드려. 같이 축제에도 갔었지?

『노랑의 신』은 학문과 지배자의 신. 이곳 신전엔 공부하려는 사람들이 많이 모여 있어. 너도 머리가 좋으니까 여기서 배우는 것도 좋을지 모르겠다.

『초록의 신』 아래에는 여행자가 모여. 맞아, 세계는 아주 넓어. 네가 본 적도 없는 수많은 것들로 가득하지.

『파랑의 신』은 상업의 신. 너는 어른이 되면 어떤 직업을 가지려나.

『남색의 신』은 삶과 죽음을 관장하는 신. 병이나 약에 관한 연구도 하고 있어. 질병은 마법으로 고칠 수 없으니까. 조심하렴.

『보라의 신』^{바나프세기}은 신들의 통솔자로 창조와 파괴, 그리고 재생을 관장하는 신이야.

무지개는 신이 지상을 지켜보고 있을 때 뜬단다.

너는 신들이 지켜보는 가운데 태어났어.

그러니 괜찮아.

너는 행복해질 테니까. 행복해져도 되니까.

괜찮아.

봐, 무지개가 떠 있어.

너는 운명이 지켜주고 있어.

부디, 부디. 행복하길.

나도 앞으로는 무지개 너머에서 지켜보고 있을 테니까.

깊은 숲 속을 젊은 남자가 걷고 있었다.

아직 해가 떠 있는 시간이지만 사람의 손길이 닿지 않은 숲은 어두컴컴했다. 때때로 우는 새소리를 제외하면 들리는 것도 없었다. 어딘가 묵직한 분위기가 짙게 감도는 곳이었다.

그는 매우 불쾌한 듯이 얼굴을 일그러뜨리며 한쪽 손에 든 검을 보았다.

"아아…… 젠장!"

내뱉으면서 근처 풀에 검을 문질렀다. 고약한 악취를 내는 점액이 끈적하게 묻었다.

"이러니 아무도 안 하려 들었지. ……하아, 돌아가기 전에 물이라도 끼얹고 갈까."

입고 있는 가죽 코트에도 점액이 묻어 있는 것을 보고 그는 더욱 얼굴을 구겼다.

이 숲 속에 대량으로 번식한, 개구리와 닮은 마수를 토벌해 달라는 의뢰를 받고 그가 찾아온 것은 30분쯤 전이었다. 토벌 자체는 그다지 어렵지 않았다. 무기를 다루는 것에도, 마법에도 어느 정도 자신이 있는 그에게는 오가는 왕복 시간이 더 귀찮은 문제였다.

"다음 『일』까지 시간이 비길래 받은 거였는데…… 실수였나……."

풀을 밟는 자신의 발소리에 질척거리는 점액질 소리가 섞이는 것을 들으면서 한숨을 쉬며 어깨를 떨구었다.

그가 현재 거점으로 삼은 마을에서 이곳까지 당일치기로 왕복할 수 있는 거리였다는 점이 이 일을 맡은 가장 큰 이유였다. 그는 그런 안이한 결정을 내린 자기 자신에게 저주의 말을 뱉었다.

일 자체는 어렵지 않았다.

숲 안쪽에 마수가 만든 군집을 발견하는 것도, 섬멸하는 것도 그에게는 간단한 작업이었다.

녀석들의 체액과 놈들이 토해 낸 점액만 뒤집어쓰지 않았다면 말이다.

너무나도 지독한 냄새에 후각이 빨리도 마비된 것이 유일한 위안일까.

그러나 이런 상태로 마을에 돌아가더라도 안면이 있는 문지기조차 얼굴을 찡그릴 것이다.

그는 현재 거점으로 삼고 있는 도시에서 그런대로 얼굴이 알려진 모험가였다. 그는 이 나라에서 성인으로 인정받는 열여덟 살이 된 지 얼마 되지 않았지만, 그의 고향에서는 열다섯 살이 되면 성인으로 취급했다. 그 무렵부터 이 일을 생업으로 정한 그는 몇 년간 실적을 쌓았고, 젊다는 이유로 무시받지 않을 만큼은 이름을 날리고 있었다.

갈색이 섞인 검은 머리에 마수의 가죽으로 만든 롱 코트. 왼쪽 팔에는 마도구인 비갑(臂甲). 그러한 외관적 특징에서 데일 레키라는 그의 이름이 떠오를 정도로는 말이다.

"물이여, 내 이름하에 명하노니, 목소리를 전하라.《탐색:물》."

주문을 외어 마법을 썼다. 강해진 물의 기척을 따라 진로를 바꾸어 데일은 오솔길을 헤치고 들어갔다.

시야가 트인 곳으로 나오니 개울이 흐르고 있었다. 목표하던 것을 확인한 데일은 안도한 표정을 지었다.

코트를 벗고 첨벙대며 물에 헹궜다. 그의 단벌옷은 마력을 띠고 있어서 그 행동만으로도 점액이 씻겼다. 물도 흡수되지 않으니 금방 마른다. 데일은 근처 나뭇가지에 코트를 널었다.

그리고 잠시 생각했다.

자신의 몸을 둘러보며 다시 확인해 보니 어쩐지 악취와 점액의 불쾌감이 떠올랐다. 차라리 본격적으로 씻는 것이 나을까 싶어서 칼날을 막아 주는 소재의 상의로 손을 가져갔다.

이 숲에 서식하는 마수나 짐승 정도야 자신에게 위협이 되지 않는다는 사실을 알고 있는 여유에서 나온 행동이기도 했다.

순식간에 코트는 말랐지만 상의와 바지에서는 물방울이 떨어지고 있었다. 데일은 모닥불을 피우고 땅에 코트를 펼쳐 그 위에 속옷 차림으로 앉은 뒤, 목욕하는 김에 잡은 물고기를 구웠다.

맛있는 냄새가 주위에 감돌 즈음에는 옷도 거의 말라 있었다. 데일은 물고기를 신경 쓰면서 재빨리 옷을 입었다. 역시 이런 곳에서 속옷 차림으로 식사를 즐길 만큼 뻔뻔하지는 않았다.

그때 바스락 소리가 났다.

데일은 작은 동물이 냄새에 이끌려 온 것인가 싶어서 그쪽으로 시선을 돌렸고, 말문이 막혔다.

어린아이가 수풀 너머에서 그를 보고 있었다.

조그만 머리가 수풀에서 삐죽 나온 상태였다.

데일은 일단 기척을 잘못 읽은 것에 놀랐다.

그리고 어린아이가 이런 마수가 사는 숲 속을 돌아다니고 있다는 사실에 당황했다. 「이 주변에는 마을도 없을 텐데」라고 생각하고서 **그것**을 눈치챘다.

아이의 옆머리에는 둥글게 말린 형태의 검은 뿔이 달려 있었다.

'『마인족』인가…… 귀찮은데…….'

마음속으로 혀를 찼다.

일곱 종 존재하는 『인족』 중에서도 가장 큰 능력을 지녔으며, 폐쇄적이고 다른 인족과 적대적인 종족. 『마인족』의 신체적 특징은 머리에 뿔이 나 있다는 점이었다.

'죽일까……?'

그 편이 간단한 방법이라는 생각도 들었다.

일이 성가셔지리라는 느낌밖에 안 들었다.

데일은 쥐고 있는 검 손잡이에 힘을 주었다가— 손을 뗐다.

모처럼 목욕한 직후인데 피를 뒤집어쓰고 싶지 않았다.

그런 생각이 머릿속을 스친 것이 직접적인 이유였다.

아이는 커다란 회색 눈망울로 가만히 이쪽을 보고 있었다.

일단 검에서 손을 뗀 데일은 아이를 관찰할 수 있을 정도로는 머

리가 식은 상태였다. 그제야 겨우 아이를 처음 본 순간부터 느끼고
있던 위화감의 정체를 알아챘다.

아이의 한쪽 뿔은 밑동부터 부러져 있었다.

'어이어이…… 이런 어린애가 죄인이라고……?'

어안이 벙벙해진 데일은 스스로 알 수 있을 만큼 얼빠진 표정을
짓고 말았다.

예전에 모험가 동료에게 들었던 마인족의 관습 중 하나가 이런
내용이었다.

—마인족은 종족의 상징이기도 한 『뿔』을 신성하게 여긴다. 그렇
기에 죄를 저지른 자는 한쪽 뿔을 부러뜨려 추방한다고—.

그것을 알고 있기에 더욱 의문을 품을 수밖에 없었다. 어쨌든 죄
인으로 취급 받기에는 눈앞의 아이는 너무 어렸다.

『마인족』은 데일과 같은 『인간족』보다도 상당히 장수하는 인종이
었다. 인간족 기준으로 연령을 판단해도 괜찮을지까지는 알 수 없
었지만, 수풀 안쪽에서 삐져나온 얼굴 위치로 키를 추측하자면 대
여섯 살쯤으로 보였다.

철이 들 나이로는 도저히 보이지 않았다.

빤히 자신을 보고 있던 아이의 시선이 모닥불 옆에 있는 물고기
쪽으로도 향한 것을 깨닫고 데일은 그 존재를 떠올렸다. 허둥지둥
꼬치를 뺐다. 살짝 타기 시작하고 있었다.

"……으음……."

꼬치를 좌우로 움직이자 아이의 시선도 움직였다.

아무래도 기분 탓이 아니라 이것도 상당히 신경 쓰이는 모양이었다.

"……먹을래?"

어린아이 앞에서 과시하듯이 먹는 것도 영 마음이 불편했다.

그런 심리가 작용하여 그는 반쯤 무의식적으로 그렇게 말을 걸고 있었다. 동시에 스스로를 향해 무슨 소리를 하는 거냐며 어이없어 혼자 중얼거렸다.

그런 데일의 목소리를 듣고 시선을 물고기에서 다시 그의 얼굴로 되돌린 아이는 살짝 고개를 갸웃했다.

"「***? *** ****?」".

"응? 어……?"

아이의 입에서 나온 말에 이번에는 데일이 고개를 갸우뚱했다.

빨라서 알아듣지 못했지만 어디선가 들은 적 있는 언어 같았다.

"으음…… 그 녀석, 분명……."

예전에 마인족에 관해 그에게 가르쳐 줬던 모험가 동료의 말을 기억에서 끄집어냈다.

"마인족의 언어는 주문에 쓰이는 언어와 똑같다고 했던가……."

그랬다며 손뼉을 쳤다.

주문은 마력이라는 힘을 현상으로 행사하기 위해 자아내는 언어를 말한다. 다룰 수 있는 자는 한정되어 있어서 모든 사람이 이 언어를 구사할 수는 없다. 그러나 마인족은 종족적으로 모두가 이

언어에 적성이 있고, 모어로써도 기능한다고 한다.

그렇기에 마인족은 『전부 선천적인 마법사』라고 말했었다.

"으음…… 그럼…… 「옆, 오다, 필요, 이것?」"

주문에 쓰이는 말 중에서 뜻을 파악할 수 있을 만한 단어를 골라 나열했다. 회화문으로 쓸 생각은 해 본 적도 없었기에 어떻게 해야 맞는 것인지는 짐작도 가지 않았다.

하지만 아이는 자신이 아는 언어를 듣자 눈에 띄게 안도한 얼굴을 했다. 그리고 바스락거리며 수풀에서 나오더니 데일 옆으로 다가왔다.

자신이 오라고 부르긴 했지만 데일은 또다시 멍해졌다.

생판 모르는 타인 곁으로 아이가 경계심이라고는 조금도 보이지 않으며 다가왔기 때문만은 아니었다.

아이는 바짝 말라 있었다.

원래는 원피스였을 넝마 조각에서 삐져나온 손발은 뼈만 남아 있는 것처럼 보였다. 한눈에도 영양실조라는 것을 알 수 있는 모습이었다.

이 어린아이를 죽이는 데 검 따위는 필요 없었다. 가늘기 그지없는 목을 쥐고 비틀면 저항할 틈도 없이 간단히 부러질 것이다.

마인족은 배타적임과 동시에 동료 의식이 강한 종족이라고 인식하고 있었다. 그렇기에 『추방』이 무거운 벌로 성립되었다.

게다가 수명이 긴 종족이 다들 그렇듯이 출산율이 상당히 낮았다.

마인족에게 아이는 보물이라고 할 수 있었다.

그런 어린아이가 설령 죄인이 되었다 할지라도 이렇게 처참한 상태로 방치되어 있을 가능성을 데일은 생각지 않았었다.

"줄게…… 먹어. ……아, 무슨 말인지 모르지 참……."

데일은 얼굴을 찌푸리면서 아이에게 꼬치를 떠맡기듯이 쥐여 주었다. 마법 주문에 「드시지요.」 같은 단어는 사용하지 않는다.

그래서 데일은 꼬치를 쥐여 준 것인데, 아이는 빤히 꼬치를 본 뒤 데일을 올려다보았다.

"「******?」"

"괜찮으니까 먹어."

아이는 살피는 눈길로 데일을 보고 있었다. 그는 일단 고개를 끄덕여서 대답해 보았다. 데일의 그 모습에 아이는 천천히 물고기를 입으로 가져갔다.

조금씩 조금씩 우물우물 먹는다.

할 일이 없어진 그는 그 모습을 작은 동물 같다고 생각하며 바라보고 있었다.

아이가 시간을 들여 물고기를 다 먹는 것을 기다리고서 데일은 다시 할 말을 찾았다.

"어디…… 「그대, 보호하다, 사람, 함께, 존재?」"

아직 보호자가 없다고 정해진 것은 아니었다. 더듬거리는 데일의 말을 아이는 지그시 올려다본 채 듣고 있다가 아까보다도 느릿하게 대답했다.

"「***, ***********, ****. ***********, ********.」"

"음…… 함께, 있다, 부정? ……짐승, 거부……?"

띄엄띄엄 일부밖에 이해할 수 없었지만 아이의 표정은 뚜렷하게 어두웠다. 아이는 조금 생각하는가 싶더니 데일의 손을 그 작은 손으로 이끌었다.

숲 속을 작은 보폭으로 나아가는 아이의 뒤를 쫓으면서 데일은 자문하고 있었다.

말을 건 것도 물고기를 준 것도 말하자면 변덕이었다. 자신은 앞으로 어떻게 할 생각인가— 그런 물음이었다.

갑자기 아이는 우뚝 발을 멈췄다. 그리고 의아해하는 데일을 올려다보았다.

「왜? 앞?」

아이는 앞을 가리키고 고개를 저었다.

「***********.」

"다시, 짐승? ……이건 부정, 인가?"

데일은 의미를 생각하면서 아이가 가리키는 앞으로 발을 내디뎠다.

"……!"

그리고 숨을 삼켰다.

검을 휘두르는 일을 생업으로 삼고 있는 데일도 직시하기 망설여지는, 한때 『사람이었던 것』이 누워 있었다.

'……이건 마인족, 이군. 뿔 형태를 보면…… 남자, 인가.'

언제 숨이 끊어졌는지 판별할 수도 없었다. 사망 이유도 확실하지 않았다.

손상이 너무 심했다.

이 숲에는 마수나 짐승이 많았다.

습격받은 것인지 사후에 엉망이 된 것인지는 알 수 없었지만, 그것들이 이렇게 처참한 꼴로 만들어 놓았으리라.

'뿔은…… 양쪽 다 제대로 있어. ……저 애의 아빠인가? ……추방당한 아이를 홀로 내버린 건 아니군.'

그것을 다행이라고 해도 괜찮은 걸까.

아까 아이가 했던 말을 떠올렸다.

단어를 짜 맞춰 보자면, 아마 아버지가 죽기 전에 명령했을 것이다.

―자신의 시체 옆에 있으면 안 된다. 머지않아 짐승들이 몰려올 것이다. 그때 어린아이 혼자서는 절대 몸을 지킬 수 없을 테니까―라고.

"아아…… 젠장! 이런 걸 보면 내버려 둘 수 없잖아……."

데일은 머리를 벅벅 긁었다.

아버지의 마지막 기도를 자신은 알아 버리고 말았다.

그 분부를 따라 곁에는 없었지만, 같은 숲 속에서 죽은 듯이 목숨을 부지해 가던 어린아이를 발견하고 말았다.

"「대지에 속한 존재여, 내 이름하에 명하노니, 내가 바라는 대로 모습을 바꾸라. 《대지변화》.」"

시신 옆 땅에 손을 짚고 주문을 외웠다. 지면이 쑥 함몰되더니 구멍이 하나 생겼다.

그가 주문을 왼 소리를 들었는지 어느새 옆에 다가와 있던 아이가 조심조심 데일을 올려다보았다.

데일은 아이를 향해 말했다.

"적어도 묻어 주자. ……알려나? 으음…… 「매장하다, 흙, 죽음, 사람」……."

데일의 말을 곱씹던 아이는 고개를 끄덕였다.

이렇게 처참한 상태의 시신을 어린아이에게 보여도 괜찮을까 싶어서 데일은 순간 고민했지만, 아이는 한참 전에 이 상황을 받아들인 모양이었다. 마지막 이별을 하는 것처럼 시선도 돌리지 않고 가만히 『아버지』를 보고 있었다.

어쩌면 가끔 모습을 보러 왔을지도 모른다.

데일이 구멍 안에 시신을 넣고 다시 마법으로 그 구멍을 메우는 일련의 행동을, 아이는 말없이 지켜보고 있었다.

"「*****」"

"감사, 인가? 딱히 신경 쓰지 마."

데일은 방금 막 완성된 무덤 위에 다시 한 번 마법을 썼다.

땅 속성 마법으로 순백의 거석을 소환하여 얹었다.

이름을 새길 수는 없지만 급히 만든 것치고는 제대로 된 무덤이 되었으리라.

"……하아……, 뭐, 이것도 인연인가."

무덤을 지그시 바라보는 아이 뒤에서 데일은 한숨을 쉬었다.

"나의 이름, 『데일』, 그대, 이름은?"

돌아본 아이는 놀란 표정을 지었다.

"라티나."

그리고 한마디, 그런 음을 자아냈다.

"라티나……인가. 라티나, 「나, 함께, 그대, 가?」"

데일의 그 말에 이번에야말로 확실하게 놀란 얼굴을 한 아이—라티나는 끄덕, 고개를 위아래로 움직였다.

라티나라고 이름을 밝힌 아이를 새삼 살펴보니 누더기 같은 옷에 떨어지기 시작한 신발, 그리고 은팔찌 — 성인용인지 라티나에게는 너무 컸다 — 만 달랑 몸에 걸친 채였다.

잘도 이런 상태로 살아남았다며 감탄했다. 날씨가 따뜻한 계절이었던 것이 행운이었다.

라티나의 아버지를 매장할 때 뭔가 신원을 나타내는 물건이 없는지 찾아보았으나, 쓸 만한 것은 없었다. 적어도 이 아이에게 친부모의 유품 하나라도 주고 싶었지만.

"으음…… 라티나랑 같이 걸으면…… 해가 져 버리겠지……."

자신의 걸음에 반도 미치지 않는 보폭의 라티나를 내려다보고 데일은 말했다. 게다가 저 상태로는 체력이 있을 것 같지도 않았다.

"어쩔 수 없나……."

팔을 뻗어 안아 올리자 라티나는 다시 놀란 얼굴을 했다. 안 그래도 커다란 눈망울이 그런 표정을 짓자 더욱더 커졌다.

라티나는 버둥거리지도 않고 데일의 팔 안에 얌전히 안겼다.

"가벼워!"

무심코 그런 소리가 나올 정도로 라티나는 가늘고 가벼웠다.

"이 녀석…… 진짜 괜찮은 건가……."

처음 봤을 때 살벌한 생각을 했던 자신이 말하는 것도 뭐하지만.

데일은 본디 『나쁜』 인간은 아니었다. 돌보기로 정한 이상 아이를 걱정하는 심리 정도는 작용했다.

"짐도 안 되네…… 냉큼 돌아갈까."

데일은 땅 속성 마법을 재빨리 외워서 방향을 확인하고, 마을이 있는 곳을 향해 빠른 걸음으로 걷기 시작했다.

†

데일이 현재 거점으로 삼고 있는 마을은 『크로이츠』라고 불리는 곳이다.

이름대로, 비뚤기는 하지만 십자 모양을 한 이 도시는 항구에서 왕도로 가는 도중에 위치한 교통의 요지였다. 또한 마수의 서식지가 근처에 있어서 자신의 실력만으로 살아가는, 모험가라 불리는 거친 이들이 모이는 곳이기도 했다.

물자와 사람이 모이는 라반드국 제2의 도시. 그것이 크로이츠였다.

그런 도시의 성질상 여행자에게 관대한 것도 크로이츠의 특징이었다.

외부에서 방문하는 상인을 우대하며 크로이츠는 발전을 이루었다. 그 자금을 바탕으로 현상금을 걸어서, 마수라는 위협 요소로부터 도시를 방위하고 있었다.

크로이츠는 여행자들로 성립되어 있는 것이다.

마을은 두꺼운 벽으로 둘러싸여 있다. 그 벽의 동서남북에 문이 있고 문지기가 상주한다. 사람들은 그곳에서 통행세를 낸 뒤 안으로 들어간다.

데일은 항상 이용하는 남문으로 갔다.

안면이 있는 문지기가 데일을 보고 의아하다는 표정을 지었다.

"통행세, 두 사람분이야."

"그래…… 근데 그 애는 뭐야? ……마인족인가."

데일의 품에 안긴 라티나에게 눈길을 준 중년 문지기는 건네받은 동전을 확인하면서 물어보았다.

"숲에서 보호했어. 부모와 사별한 모양이야. ……내가 책임자가 될 거니까 문제없지?"

"뭐, 네가 책임진다면야. 일단 『춤추는 범고양이』에서 확인할 거잖아?"

"그래."

"그럼 괜찮겠지."

그렇게 간단히 말하고 문지기는 데일과 라티나를 통과시킨 뒤 다음 통행인에게 눈을 돌렸다.

문지기의 반응은 데일이 예상한 대로였다. 그는 자신의 네임 밸류에 그 정도의 힘이 있다는 사실을 알고 있었다.

남문을 지나면 서민 주거구와 여행자를 대상으로 하는 가게가 인접한 구획이 나타난다. 데일이 주로 이용하는 구획이었다.

고지대에 있는 북쪽의 귀족 거리나 남쪽의 고급 주택가에는 일단 볼일이 없다. 기껏해야 동쪽에 집중된 시장이나 상점, 장인들의 거주구에 갈 일이 있는 정도였다.

라반드국이 정한 주신은 빨강의 신이었다. 그래서 빨간색을 받드는 경향이 있었다.

그것은 크로이츠의 거리를 보아도 알 수 있다.

예를 들어 나란히 늘어선 건물의 벽은 회색 석조가 그대로 드러나 있는 것, 회반죽이나 도료가 칠해진 것 등 가지각색이지만 지붕은 대부분 선명한 빨간색이었다.

이것은 건물 자체에 신의 가호를 받기 위함이라고도 하고, 하늘 높은 곳에 계신 신에게 당신의 초라한 종이 여기 있다는 것을 호소하기 위함이라는 설도 있다.

서민들의 구획이라고는 해도 거리는 활기로 가득했다.

해가 기울기 시작하는 이 시간대는 귀갓길을 서두르는 자, 숙소를 찾는 자, 오늘 번 돈을 술과 식사에 쓰는 자, 여행자를 상대로 음식을 파는 자 등 많은 사람이 오가고 있었다.

라티나는 데일의 팔 안에서 이곳저곳으로 시선을 옮기는 중이었다.

그 표정에 두려움이나 공포는 없었다. 순수한 호기심인 것 같았다. 살짝 상기된 얼굴을 하고서 때때로 눈이 휘둥그레졌다. 수많은 사람과 거리 모습에 흥미가 가는 모양이었다.

"거리는 다음에 둘러보자."

데일은 라티나에게 그렇게 말하면서도, 속으로는 「무슨 말인지 모르겠지만.」이라고 혼자 중얼거렸다.

"「***? 데일.」"

"아아…… 역시 말이 안 통하는 건 불편하네……."

인족 언어 중에서도 가장 대중적인 편인 서방 대륙어 정도는 필수겠다고 생각하면서 데일은 걸음을 옮겼다.

고향처럼 익숙해진 길을 거침없이 나아갔다.

이윽고 데일이 발을 멈춘 곳은 어느 가게 앞이었다.

입구에는 불가사의한 모습의 범 무늬 고양이가 섬세하게 철로 세공된 간판과, 녹색 바탕에 천마(天馬) 문장이 들어간 깃발이 늘어서 있었다.

『춤추는 범고양이』라 불리는 가게로 주점과 여관을 겸하는 곳이었다.

데일은 입구를 그냥 지나쳐서 건물 뒤쪽으로 돌아갔다. 그리고 뒷문으로 가게 안을 들여다보았다.

"케니스, 있어?"

"오오…… 데일, 잘 갔다 왔…… 그건 뭐야?"

그곳은 주방이었다. 케니스라고 불린 덥수룩한 수염이 눈에 띄는 몸집 큰 장년 남자는 데일의 목소리를 듣고 프라이팬을 흔들면서 고개를 돌렸다가 당황했다.

"뭐…… 나중에 자세히 얘기하겠지만…… 주웠어."

"개나 고양이를 주운 것처럼 말하지 마."

완성된 요리를 호쾌하게 접시에 담은 케니스는 데일의 대답에 한

층 더 곤란한 얼굴을 했다.

이 큼직한 남자는 기본적으로 착한 성품을 지녔지만, 불과 얼마 전까지는 거대한 전투 도끼를 휘두르던 실력 있는 모험가였다. 그것은 이 가게를 이용하는 사람이라면 다들 아는 사실이었다.

"일단 목욕물 좀 써도 돼?"

"그래. 상관없지만……."

케니스의 허락을 얻은 데일은 뒷문 옆에 마련된 오두막 문을 열었다.

그곳은 욕실이었다.

돌로 된 타일 위에 욕조가 설치되어 있을 뿐인 간이 욕실이긴 했으나 기능은 충분히 다하고 있었다.

데일은 욕조 옆에 있는 불과 물의 『마도구』에 마력을 부었다. 온도를 확인하면서 욕조에 뜨거운 물을 채워 갔다.

마도구가 있기에 물 공급은 물론이고 데우는 것도 어렵지 않았다. 하지만 일반 가정에는 대부분 욕실이 존재하지 않는다. 사람들은 일반적으로 마을 여기저기서 영업하는 대중목욕탕을 이용했다.

『춤추는 범고양이』에 욕실이 있는 것은 시간을 따지지 않고 일에서 돌아오는 모험가들이 목욕물을 이용할 수 있도록 한 배려였다. 몇 시간 전 데일처럼 처참한 상태가 되는 모험가도 적지 않았다.

라티나는 데일이 하는 일련의 행동을 가만히 바라보고 있었다. 마도구 자체를 신기하다고 느끼는 것일지도 모른다.

데일은 코트를 벗어서 비갑과 검을 비롯한 다른 짐들과 함께 정리해 구석에 놓은 다음 라티나를 불렀다.

"라티나, 「오다.」"

가볍게 손짓하여 부르자 라티나는 데일 옆에 섰다.

옷을 벗기려 했더니 라티나는 처음으로 데일에게 저항했다.

"아…… 역시 여자애였구나."

마음에 들지 않는다는 표정인 라티나를 알몸이 되게 벗기고 욕조에 넣으면서 데일은 중얼거렸다.

목소리나 복장을 보고 대충 그렇지 않을까 싶었지만 확신까지는 서지 않았었다. 뼈가 도드라진 애처로운 몸과 머리카락을 따뜻한 물로 씻겼다. 욕조의 물은 금세 새까매졌다.

일단 물을 버리고 다시 받았다.

욕조에 비누를 넣으며 겸사겸사 거품을 냈다. 그것으로 기름지고 더러워져 새끼줄처럼 변한 머리카락을 헹궜다.

몸도 씻겼다. 다시 더러워진 물을 갈았다.

재차 물을 받아 라티나의 머리를 감기면서 데일은 문득 깨달았다.

'어라? 이 애, 굉장한…… 미소녀가 될 것 같은데?'

몇 번이고 헹군 라티나의 머리카락은 백금색과 반짝임을 되찾은 상태였다.

한쪽뿐인 뿔도 검은 보석처럼 반질반질한 질감을 나타내고 있었다.

갈비뼈가 보일 정도로 딱하게 야위긴 했으나 그것은 차차 회복될

것이다. 마인족은 원래 튼튼한 종족이니까.

얼굴도 핼쑥해서 지금은 눈만 툭 튀어나와 보이지만, 때를 벗겨 낸 라티나의 이목구비는 꽤 반듯했다. 뺨이 통통해지고 혈색도 좋아지면 사랑스러운 소녀가 될 것이다.

'아~ 이거 꿈자리도 사나워질 테고, 더더욱 내버릴 수 없잖아······.'

손을 놓으면 순식간에 변변찮은 호색가에게 찍힐 것이다. 한쪽 뿔을 잃은 마인족은 동족에게 버려져 보호받지 못한다고 선전하고 있는 것이나 다름없었다. 어린아이에게 좋지 못한 마음을 품는 무리에게는 딱 좋은 먹잇감이다.

'돌보기로 정했으니까 말이지······ 각오를 할까······.'

데일은 내심 그렇게 중얼거리고 있었다.

그렇게 가슴속에 남몰래 결의를 품은 때였다.

"데일, 너 뭔가 저질렀다며?"

젊은 여자의 목소리가 그의 등으로 날아왔다. 데일이 목소리의 주인을 향해 시선을 돌리자 『춤추는 범고양이』의 뒷문으로 흑발 여성이 막 나오는 참이었다.

케니스의 아내인 리타였다.

『춤추는 범고양이』는 이 젊은 부부가 꾸려 나가고 있는 여관이었다.

리타는 데일이 어린 여자아이를 열심히 씻기고 있는 모습을 보고 깜짝 놀랐다.

"숨겨 둔 아이?"

"어떻게 그런 발상이 나오는 거야. 그럼 내가 몇 살 때 애를 낳았다는 건데."

데일은 기막혀하며 받아쳤다.

"숲 속에서 주웠어. 부모의 시체도 거기 있었고."

그리고 확실하게 말했다. 리타는 그 말을 들으면서 물끄러미 소녀를 관찰했고, 이내 그 애처로운 모습과 함께 다른 인종이라는 사실을 알아챘다. 옆에 떨어져 있던 너덜너덜한 천 조각에도 시선을 주었다.

"이 애가 입고 있던 옷이 설마 이거? 이걸 다시 입힐 생각은 아니지?"

"아…… 잊고 있었다."

"잠깐 기다려."

리타는 발길을 돌려 가게 안으로 뛰어갔다.

데일은 일단 씻기자고는 생각했지만 갈아입을 옷까지는 전혀 신경 쓰지 못했었다.

"「데일, *****?」"

"응? 현재, 의문…… 방금 누구냐는 말인가? 리타. 여기 안주인이야."

"……? 리타?"

"그래. 리타."

갸웃, 고개를 기울인 라티나와 대화를 나누는 사이에 리타가 돌아왔다. 품에는 이런저런 천을 끌어안고 있었다.

"그 모습을 보니 닦을 것도 준비 안 했겠지? 이거 써. 이쪽은 내

옛날 옷이야. 이 애한테는 클 것 같지만. 그리고 속옷!"

"아…… 고마워. 미안, 리타."

"그 미묘한 얼굴은 뭐야. 저번에 막 만든 새것이라고. 아무리 그래도 쓰던 속옷을 입히려고는 안 해."

성적인 느낌이라고는 조금도 없이 속옷을 내밀어서 미묘한 얼굴이 됐던 데일에게 리타는 거침없이 말했다.

리타는 이런 여자였다. 그렇지 않다면 모험가 상대로 가게 따위해 나갈 수 없을지도 모른다.

욕조에서 라티나를 꺼내고 리타에게 받은 부드러운 천을 덮었다. 물기를 닦고 있으니 라티나가 리타를 가리켰다.

"데일, 리타?"

"그래. 맞아."

"리타, 라티나."

라티나는 손가락을 자신에게 돌리더니 리타를 향해 꾸벅 고개를 숙였다.

"인사도 할 줄 알고 장하네~"

리타는 생글생글 웃고서 라티나와 눈높이를 맞춰 웅크려 앉았다. 이 안주인은 기본적으로 아이를 좋아했다. 케니스와의 사이에서 아이를 가지길 바라고 있다는 것도 데일은 알고 있었다.

"리타. 라티나는 마인족 말밖에 몰라."

"그래? 그럼 넌 어떻게 대화하고 있는 거야?"

"주문 언어랑 똑같으니까 단어 정도는 어떻게든 돼."

"흐응~ 그래서 이 애를 어쩔 생각인데?"

"일단 가게에서 『초록 신의 전언판』으로 조사해 봐야지."

라티나는 데일의 손을 빌리지 않고서도 건네받은 옷을 입고 있었다. 기본적인 일은 혼자서 할 수 있는 모양이었다.

라티나는 보기보다 훨씬 야무진 듯했다. 그렇지 않다면 그런 가혹한 상황에서 살아남을 수 없었을 것이다.

라티나가 옷을 갈아입는 동안 데일은 자신의 짐을 가게 안에 들여놓았다.

바꿔 신을 신발까지는 없었기에 데일은 옷을 다 갈아입은 라티나를 다시 안아 올렸다. 리타의 뒤를 따라 뒷문으로 들어가 주방을 통과하자 가게 앞쪽으로 나왔다.

가게 내부에는 그런대로 손님들이 앉아서 식사 중이었다.

이 가게는 그 성질상 점심 전과 완전히 해가 진 무렵에 바빠졌다. 지금 시간은 아직 케니스 혼자서 가게를 볼 수 있는 모양이었다.

카운터 한 귀퉁이에 리타와 마주 앉았다.

"그럼 뭘 찾아보길 원해?"

"이름은 라티나. 마인족. 이 조건으로 수색이 나와 있는지. 혹은 수배되어 있는지."

"그러네. 그건 찾아볼 필요가 있겠어."

리타는 고개를 끄덕이고 카운터 안쪽에 설치된 『초록 신의 전언판』이라 불리는 판 형태 물건에 손을 미끄러뜨렸다.

"라우하, 셋게르, 요나디."

리타의 말에 반응해 판은 희미한 녹색 빛을 띠었다.

리타의 시선은 판을 향하고 있었지만, 어딘가 먼 곳을 찾는 것처럼 훨씬 아득한 곳을 살펴 갔다.

"으음…… 해당하는 정보는 없어. 일단 외견상 특징으로도 다시 검색해 보겠지만……."

"부탁해."

리타가 다루는 『초록 신의 전언판(아크다르)』이야말로 이 가게의 최대 강점이었다.

초록의 신(아크다르)은 정보를 관장하며 여행자를 수호하는 신이다.

초록 신(아크다르)의 신전은 온갖 정보를 수집하고 관리하는 곳이었다. 이 신의 신관이나 사제는 그 『가호』의 힘으로 보통과는 비교도 안 될 만큼 강력한 정보 전달 마법을 행사할 수 있다.

이를 통해 초록 신(아크다르)의 신전이 있는 지역에서는 지역 격차가 없었고, 동등한 정보가 공유되었다.

그 정보 중 일부는 시정에도 개방되어 있다.

그 창구가 되는 것이 이 가게처럼 바깥에 초록 신(아크나르)의 문장이 그려진 깃발 — 녹색 바탕에 천마 의장 — 을 내건 곳이었다.

—듣기로는 정보 수집 자체에 집중하고 싶은 신전 사람들이, 정보를 원하는 외부 사람들을 상대하기 귀찮아서 아예 외부에 위탁했다는 말도 있다. 그런 이야기가 신빙성을 띨 정도로 초록 신(아크다르)의 신관들은 독특한 감성을 지니고 살고 있었다—.

시정에 개방 중인 정보는 주로 세계의 톱뉴스, 새로운 발견, 발명 정보 등이다. 그리고 그 외에 많은 자리를 차지하는 것이 범죄 관련 정보였다.

큰 죄를 저지른 자는 전 세계에 수배된다.

타국의 군대나 관리가 국경을 넘어 범죄자를 쫓는 것은 어렵다. 그렇기에 포상금을 걸어서 신전을 경유해 수배를 내리는 것이다. 모험가 중에는 그런 수배자를 전문으로 쫓는 자도 많았다.

대규모 마수 토벌 의뢰 등도 신전에 보내진다.

『초록 신의 전언판』은 신전에서 정보를 꺼내는 단말이었다. 그것이 있는 가게에는 정보를 원하는 모험가들이 모여든다. 그리고 그 모험가에게 부탁하고자 마을 사람들이 가져오는 의뢰도 이곳에 모이는 것이다.

『춤추는 범고양이』는 주점 겸 여관임과 동시에, 일을 찾는 모험가를 위한 중개소 역할도 맡고 있었다.

"역시 해당하는 인물은 없어."

"그럼…… 라티나는 역시 중죄인은 아니겠네. ……부모가 의뢰한 수색도 없다면 그 시체가 아버지였던 건 틀림없겠지……."

데일과 리타가 진지한 얼굴로 자신에 관해 이야기하고 있는 것을 아는지 모르는지.

데일의 무릎 위에서 라티나는 이리저리 주위를 둘러보거나 데일을 올려다보느라 바빴다.

이런 가게와는 어울리지 않는 어린아이의 모습에 식사 중이던 우락부락한 남자들도 가끔 이쪽을 보았다. 라티나는 눈이 마주치면 갸웃, 고개를 기울이거나 가만히 마주 보는 행동을 반복하고 있었다.

그렇게 얼마나 지났을까, 라티나에게서 이상한 소리가 났다.

구체적으로는 배 속에서 울린 꼬르륵거리는 소리였다.

"……라티나?"

"아~ 맛있는 냄새가 나니까."

두 사람에게 동시에 주목받자 라티나는 살짝 어색한 얼굴을 했다.

리타는 시원스럽게 웃고서 케니스에게 말을 걸었다.

"케니스, 이 애한테 밥 좀 만들어 줘. 소화 잘되는 걸로 부탁해."

"하는 김에 내 것도."

데일은 그렇게 말하고 카운터에서 테이블 자리로 이동했다. 라티나에게 테이블은 너무 높았기에 의자 위에 적당히 받침이 될 만한 것을 올리고 앉혔다. 데일도 의자를 끌어서 옆에 앉았다.

"그래서 데일, 너 이 애를 어쩔 셈이야?"

"내가 돌볼 거야. 말도 통하지 않는 타인종 아이를 만년 예산 부족인 이 마을 고아원에 맡겨 봤자 제대로 보호해 주지도 못할 테니까."

직접 말로써 선언한 것은 각오를 다지기 위해서이기도 했다.

데일도 아이를 키우는 일과 그 책임을 쉽게 생각하고 있지는 않았다.

"내가 이 애의 보호자가 되겠어."

^{부모}

†

따끈따끈하게 김이 나는 우유와 치즈 리소토가 앞에 놓이자 라티나의 회색 눈동자가 휘둥그레졌다.

옆에는 훈제 고기와 자잘한 채소를 넣고 끓인 수프가 차려져 있었다.

그 상당히 조촐한 식사 옆에 데일의 몫으로 그보다 몇 배는 더 되는 양의 음식이 놓였다. 게다가 데일의 접시에는 큼직한 소시지까지 올려져 있었다.

"라티나 몫이 너무 적지 않아?"

"바보야. 이렇게 작은 아이가, 어처구니없는 식사량의 너랑 똑같은 수준으로 먹을 수 있을 리 있겠어?"

식탁에 요리를 차려 준 리타가 어이없어하며 말했다.

"너무 많이 먹여도 배탈 나."

리타는 라티나에게 숟가락을 건네며 생긋 웃었다. 데일이나 가게에 오는 다른 손님을 접객하는 태도와는 하늘과 땅 차이였다.

"「데일? ********?」"

"그래, 먹어."

데일도 이 어린아이가 자신에게 하나하나 허락을 구하고 있다는 사실을 어렴풋이 깨닫고 있었다.

말뜻은 알 수 없어도 표정을 보면 그 정도는 알았다.

라티나는 숟가락으로 리소토를 한 숟갈 떠서 입으로 가져가더니 움찔했다.

아으아으거리며 어쩔 줄 모르는 모습을 보니 생각했던 것보다 뜨거웠던 모양이다.

"리타, 물 좀~!"

"어머, 뜨거웠어?"

두 숟갈째는 열심히 후후 불고 있었다. 그런 라티나의 모습을 보고 웃으면서 데일은 물을 부탁했고, 리타도 살짝 눈썹을 찡그렸다.

한참 후후 불며 식힌 라티나는 리소토가 담긴 숟가락을 덥석 물었다. 표정이 단숨에 환해졌다.

알기 쉽다.

"맛있나 보네. 다행이다."

데일도 자기 몫의 음식을 입으로 가져가며 표정을 느슨하게 풀었다. 옆에서 이렇게나 맛있다는 얼굴로 먹고 있으니 평소와 똑같을 식사가 더욱 맛있게 느껴졌다. 신기한 일이다.

라티나가 데일의 말 속에 담긴 다정한 울림을 감지한 모양이었다.

라티나는 생긋 웃었다.

처음으로 보여 준 미소였다.

"응. 더 먹어, 라티나. 소시지도 먹을래?"

"너무 많이 먹이면 안 된다니까!"

자신의 접시에서 라티나의 접시로 듬뿍 음식을 덜어 주려던 데일의 머리를, 물을 가져온 리타가 쟁반으로 내리쳤다.

라티나가 깜짝 놀란 얼굴을 했다.

"그래도…… 잘 먹어야 튼튼해지지……."

"한 번에 너무 많이 먹이지 말라는 말이야! 이 애한테 줄 간식도 만들어 줄 테니까! 케니스가! 한 번에 먹을 수 있는 양이 적은 만큼 횟수를 늘리는 거야!"

멀리서 「만드는 건 나란 말이지…… 뭐, 상관없지만……」이라는 소리가 들린 것 같았으나 두 사람 다 신경도 쓰지 않았다.

여전히 라티나는 조금씩 천천히 먹었다. 그 결과 상당히 차이가 나던 양이었음에도 데일이 먼저 식사를 마쳤다.

라티나가 다 먹는 시간을 가늠한 것처럼 리타가 추가로 접시를 들고 왔다.

안을 살펴보니 과일 콤포트가 몇 조각 들어 있었다.

평소 메뉴에 달콤한 음식 따위 없는 이 가게에서 디저트 종류를 보는 것은 처음이었다.

"케니스가 애들한테 약한 줄은 몰랐는데…… 생긴 거랑 다르다니까."

아직 살짝 따뜻한 것을 보면 라티나에게 먹이려고 즉석에서 준비한 것 같았다.

접시를 라티나 앞에 놓으니 아이는 이번에도 그에게 허락을 구하듯이 얼굴을 보았다. 데일이 고개를 끄덕이는 모습을 보고 라티나는 과일을 입에 넣었다.

그리고 지금까지 보았던 어떤 표정보다도 가장 환한 얼굴이 되어 눈을 반짝거렸다.

"다행이네."

푹 빠져서 먹고 있는 라티나는 콤포트가 꽤 마음에 든 것 같았다. 그 숲 속에서는 먹을 수 있는 음식을 찾는 것만으로도 벅찼으리라. 달콤한 요리 같은 게 있을 리 없었다.

"어때? 맛있니?"

다른 손님의 요리를 나르는 김에 다가온 리타가 라티나를 살피자, 아이는 아까보다도 더 예쁘게 웃으며 리타를 보았다.

등 뒤에 꽃이 흐드러지게 활짝 피어 있는 듯한 미소였다.

말이 통하지 않아도 충분하기 그지없는 대답이었다.

'먹을 거에 낚여서 이상한 놈을 따라가지 않도록 얼른 말을 가르치자……'

그런 라티나의 미소를 보고 테이블 밑에서 주먹을 움켜쥔 데일은, 자신 역시 라티나를 먹을 것으로 유인했다는 자각이 있었다.

전부 다 먹은 뒤에도 라티나는 콤포트 접시를 들여다보았다.

데일은 그런 라티나의 머리를 쓰다듬었다. 갑작스러운 접촉에 놀랐는지 아이의 몸이 움찔거리며 튀어 올랐다.

하지만 이내 데일의 표정을 보고 긴장을 풀었다.

"놀랐어? 미안. 오늘은 피곤하지? 이런저런 일이 있었으니까 말이야."

데일의 목소리를 들으면서 라티나는 살짝 고개를 갸웃했다.

그러면서도 데일의 진의를 헤아리는 것처럼 눈을 돌리지 않았다. 그러고 보니 이 아이는 자주 주위를 보고 있었다. 관찰력이 뛰어난 것일지도 모른다.

그에 비해 경계심은 낮다는 느낌도 들지만.

데일이 라티나를 안아 올리자 그녀는 스스로 데일의 목에 팔을 둘렀다. 어딘가 어색했으나 그래도 데일에게 어리광 부리듯이 힘을 주었다.

라티나 쪽에서 매달려 준 덕분에 자세는 확실히 안정되었다. 데일은 한쪽 팔로 라티나를 받치고 다시 카운터로 향했다.

"리타, 이제 라티나도 좀 쉬게 하고 싶으니까 방으로 갈게."

"알았어. 잘 자, 라티나."

리타의 목소리를 듣고 라티나는 다시 생긋 웃었다. 아무래도 그녀는 이 짧은 시간에 데일과 리타를 안전한 상대로 인식한 모양이었다.

처음 만났을 때보다 표정이 상당히 부드러워져 있었다.

그것이 괜히 기쁜 것도 같고 낯간지럽기도 했다.

만난 지 얼마 되지 않은 것은 데일 자신도 마찬가지였다. 이 작은 아이를 상대로 이런 생각을 하게 되다니, 어제까지는 상상도 못 했던 일이었다.

카운터 옆을 지나서 주방으로 나왔다.

"케니스. 라티나가 과일 맛있었대."

분투 중인 케니스의 등을 보며 말을 걸었다.

"오! 그래!"

돌아보지도 않고 대답한 케니스 뒤를 통과하여 데일은 식자재 등이 쌓인 장소 안쪽에 있는 계단을 올랐다.

2층을 그냥 지나쳐 이번에는 사다리를 올랐다.

도착한 곳은 다락방이었다.

여러 짐이 난잡하게 놓여 있고 — 대부분은 1층에서 모험가를 상대로 판매하고 있는 잡화 재고였다 — 그보다 더 안쪽에 생활감이 느껴지는 공간이 있었다.

데일이 빌리고 있는 공간이었다.

이 장소가 있다는 사실도 데일이 라티나를 맡기로 마음먹을 수 있었던 이유 중 하나였다.

데일은 이 도시의 주민은 아니지만 장기간 거점으로 삼으면서 이곳을 거처로 빌렸다. 숙소를 전전하는 것은 불편한 일기도 했기에 옛 친구인 케니스를 의지하게 됐다는 경위였다.

결혼 전에 리타가 개인적으로 사용했던 다락방이 비게 되어서 별다른 어려움 없이 이곳을 빌릴 수 있었다. 다소 천장이 낮다는 점만 빼면 충분한 거처였다.

데일은 방세도 꼬박꼬박 잘 내고, 짐이나 재고를 슬쩍하는 궁상맞은 짓도 하지 않는다. 그의 인간성과 생활 기반을 알고 있는 주인 부부에게도 나쁘지 않은 세입자인 모양이었다.

데일은 자신의 『방』에 라티나를 내렸다.

그곳에는 이국적인 두꺼운 깔개가 깔려 있고, 창문 근처에는 책상과 선반이 있었다. 뒤에는 침대와 뚜껑 달린 커다란 상자가 있다. 주민이라 하기에는 적고, 여행자라 하기에는 상당한 짐이었다.

"「잠시, 기다리다, 이곳」."

라티나가 고개를 끄덕이는 것을 확인하고서 데일은 다시 밑으로 내려갔다. 방치한 짐과 코트를 가지러 가기 위해서였다.

데일이 돌아왔을 때 라티나는 『방』 안을 이리저리 걷고 있었다. 역시 이 아이는 호기심이 꽤 강한 듯했다. 그러면서도 멋대로 물건을 만지거나 하지 않는 점을 보면 자제심도 강할 것이다.

자신이 저 나이 때 어땠는지는 잘 생각나지 않지만, 마을에서 노는 아이들을 떠올려 봐도 이 아이는 야무졌다.

데일은 부츠를 벗어 던지고 자신의 영역으로 들어갔다.

그의 고향은 의자가 아니라 바닥에 직접 앉는 문화였다. 자기 방에서 정도는 익숙하고 편한 방식으로 있고 싶었다. 바닥에 고향풍 깔개를 깐 것도 이 때문이었고, 그것을 진흙으로 더럽힐 생각은 들지 않았다.

박스 옆에 코트를 걸고 짐을 놓았다. 무기류는 침대와도 가까운 선반 위가 정위치였다.

창문을 열어 신선한 공기를 들인 뒤, 칼날을 막아 주는 천으로 된 상의와 두꺼운 소재의 바지도 벗었다.

"라티나, 이리 와."

손짓으로 의미를 깨달은 라티나는 얌전히 다가왔다. 데일은 그녀를 데리고 침대 속으로 들어갔다.

평소 그의 생활 리듬에 비하면 상당히 이른 시간이었지만, 쉴 수 있을 때 제대로 쉬는 것도 모험가에게는 필수 스킬 중 하나였다.

이대로 잠들어 버린들 아무런 문제도 없었다.

라티나가 싫어하는 기색을 보이면 어쩌나 걱정한 것에 반해 아이는 얌전히 데일 옆에 누웠다.

새끼 고양이처럼 몸을 말고 라티나가 고른 숨소리를 내기까지는 오래 걸리지 않았다.

'역시 피곤했겠지. 말도 상황도 이해가 안 가는데 모르는 인간이 가득한 장소로 데려왔으니까.'

데일은 스스로도 깜짝 놀랄 만큼 온화한 기분으로 라티나의 머리를 쓰다듬었다.

이제 막 보호자^{부모}가 되겠다고 결심하고서 이런 생각을 하는 것도 이상하지만, 이런 식으로 누군가와 지내는 것도 괜찮을지 모른다.

그런 생각을 하면서 데일은 자신보다 따뜻한 체온을 느끼며 잠에 빠졌다.

얼마 지나지 않아 새파래진 라티나가 찰싹찰싹 연타로 깨우기 전까지는.

라티나가 처음으로 배우길 희망한 말은 『화장실』이었다.

참고로 그녀의 존엄은 지켜졌다.

2. 작은 소녀, 새로운 생활을 시작하다.

다음 날 아침. 데일은 상당히 이른 시간에 깨어났다.

어젯밤 일찍 잤기 때문이었다. 데일은 다른 사람의 기척을 느끼고 시선을 돌렸다가 자신 옆에 있는 여자아이를 알아챘다.

"……아아, 맞다. ……주웠었지 참."

하품하면서 동거인의 존재를 떠올렸다. 쿠퓨루쿠퓨루 하고 왠지 허탈할 정도로 태평한 숨소리를 내며 자는 중인 라티나는 데일의 옷자락을 단단히 쥐고 있었다.

어떻게 해야 깨우지 않고 침대에서 내려갈 수 있을까 고민했다.

그러나 데일이 몸을 일으킨 순간 라티나가 번쩍 눈을 떴다.

그리고 당황한 얼굴로 벌떡 일어나서 데일에게 매달렸다.

그녀가 느끼는 불안의 단면을 엿본 데일은 라티나를 향해 미소 지었다. 조금이라도 안심할 수 있도록.

"좋은 아침. 라티나."

그렇게 말하고 그녀의 머리를 쓰다듬었다.

데일은 침대에서 내려와 일할 때 복장과는 다른, 단순한 셔츠와 넉넉한 바지로 갈아입었다. 허리에 지갑과 나이프만을 채우고 부스스한 머리를 손으로 빗어서 정리했다. 그리고 부츠를 신은 뒤 라티나를 안아 올렸다.

그녀는 갈아입을 옷이 한 벌도 없었기에 어제 그 상태로 잤었다. 치마에 살짝 주름이 잡혀 있었다.

1층에 내려온 데일은 가게가 아니라 주방에 있는 테이블에 라티나를 앉혔다.

"어라. 좋은 아침, 라티나."

데일과 라티나를 알아챈 리타가 웃으며 인사했다. 물론 라티나에게만이었다.

케니스와 리타는 한창 아침 식사 준비 중이었다. 모험가들은 아침부터 상당한 양을 먹는다. 숙박 인원수와 비교해도 과하게 많은 재료가 필요했다. 게다가 아침만 먹으러 오는 손님까지 있었다. 장사가 잘된다는 것은 동시에 가게가 아주아주 바쁘다는 말이기도 했다.

데일은 그대로 뒤쪽으로 이동해 욕실 옆에 있는 세면장에서 세수했다. 그리고 얼굴을 닦은 수건을 적셔서 라티나에게 돌아가 건넸다.

그녀는 그 의미를 올바로 파악한 것 같았다. 건네받은 수건으로 얼굴을 문질러 닦았다.

속옷류를 빨래하는 것까지가 그의 아침 일과였다. 빨래터에 설치된 건조대에 널었다.

돌아가자 리타가 라티나의 머리를 빗기고 있는 참이었다. 리타는 어이없어했다가 감탄스러워했다가 바쁘게 표정을 바꾸고 있었다.

"라티나 머리 색, 정말 훌륭할 정도로 예뻐. 데일 이 바보. 여자애 머리를 너랑 똑같이 부스스하게 내버려 두면 안 돼!"

빗질한 라티나의 머리카락은 확실히 지금까지와는 비교도 안 될 만큼 윤기가 흘렀다. 그런 건가 싶어서 초보 보호자는 마음속 메모장에 잘 적었다.

리타는 솜씨 좋게 라티나의 머리를 묶어 올리고 리본을 맸다. 머리카락과 리본으로 라티나의 뿔은 거의 가려졌다.

리타는 데일을 힐끔 보고 속삭이듯이 작게 말했다.

"마인족이라는 건 그렇다 쳐도, 한쪽 뿔이 부러져 있는 건 눈에 띄지 않는 편이 좋아."

"알고 있어. 미안."

데일은 리타에게 그렇게 말한 뒤 라티나에게 시선을 돌렸다.

체격은 변하지 않았지만, 깨끗이 목욕하고 머리와 옷을 정돈한 라티나는 어디를 어떻게 봐도 여자아이였다. 숲 속에 있던 성별 불명의 꾀죄죄한 아이와는 딴판이었다.

"오, 좋은 아침. 자, 아침밥이다."

리타와 교대하는 모양새로 이번에는 양손에 접시를 든 케니스가 왔다. 라티나는 케니스를 보고 조금 생각하는가 싶더니 「조은 아치임.」 하고 자신 없이 말하며 꾸벅 고개를 숙였다.

케니스가 굳었고, 데일의 표정이 일그러졌다.

아침부터 다들 똑같은 말을 건네는 것을 보고 인사라 짐작한 모양이었다.

역시 이 아이는 관찰력이 뛰어났다. 상당히 똑똑한 부류에 들지 않을까 싶은 생각도 어렴풋이 들던 참이었다.

"「***? *****?」"

"아냐, 맞아. 「바르다」."

데일의 얼굴을 보고 자신이 틀렸나 싶어 불안한 표정을 짓는 라티나에게 데일은 당황하며 웃어 보였다.

"젠장, 케니스, 두고 봐."

"어른스럽지 못하긴."

그러나 『첫 인사』를 뺏긴 데일은 뻣뻣하게 미소 지은 채 케니스에게 불평했다. 케니스도 어딘가 헤벌어진 얼굴이었다.

"역시 얼른 리타한테 낳아 달라고 해야겠어."

케니스는 「아이란 참 좋구나」라고 중얼거리면서 자신의 일터로 돌아갔다.

데일의 아침은 평소와 마찬가지로 빵에 치즈, 그릴에 구운 훈제고기였으나 라티나 쪽은 특별식이었다. 우유와 달걀에 적신 빵은 안이 촉촉해지도록 잘 구워졌고, 그 위에 어제 먹었던 콤포트가 올려져 있다. 거기에 바삭하게 구워진 훈제 고기가 얇게 썰려서 곁들어져 있었다.

그리고 라티나 앞에 놓인 유리잔에는 시원한 과즙이 따라졌다.

이 과즙을 시원하게 만든 것은 『마도구』 — 모든 사람에게 내포된 힘인 『마력』을 동력으로 가동하는 도구의 총칭 — 였다.

마도구는 일반적으로 유통되고 있다.

어느 집에나 대부분 있는 것이 『물』, 『불』, 그리고 『물/어둠』 마도구였다. 전부 부엌과 관련된 마도구다. 즉 『식수 공급』과 『점화』,

『얼음을 이용한 냉장』을 마도구가 담당하고 있었다.

물론 나름 가격도 있기에 공용 우물을 이용하며 직접 불을 피우는 자가 없지는 않았다. 그러나 압도적으로 소수파였다. 편리성은 이길 수 없다.

그렇기에 차갑게 만든 음식도 드물지 않게 되었다.

과즙을 꿀꺽 마신 라티나가 기쁜 얼굴로 데일을 보았다.

"그래, 다행이네. ……케니스 녀석, 본격적으로 먹을 걸로 길들이기 시작했군."

뒷부분은 라티나에게 들리지 않도록 작은 목소리로 중얼거렸다.

라티나는 열심히 빵을 먹고 있었다. 역시 달콤한 쪽을 좋아하는 것 같았다.

"저기, 리타. 여자애 옷 같은 건 어디서 팔아?"

식사를 마치고 그릇을 옮기면서 데일이 물었다. 아직 식사가 반쯤 남은 라티나가 당황한 얼굴로 데일을 보았기에 그녀에게 보이는 위치에 앉았다. 그리고 그대로 산더미처럼 쌓인 감자 껍질을 벗기기 시작했다. 일하는 상대를 귀찮게 하는 이상, 돕는 게 당연하다고 생각하는 점이 그의 의로운 부분이었다.

"그리고 당장 필요한 물건도 알려 줘. 남자 입장에서는 깜빡하기 쉬운 종류라든가."

"그러게…… 옷을 맞출 거면 동(東)구에 있는 아만다네 가게가 평판이 좋아. 뭐, 날씨도 좋고 광장에 장도 섰잖아. 거기서 헌옷을 찾아보는 것도 괜찮지 않을까? 신발은 발트네서 사도록 해. 모퉁이에 있는 가게야. 음, 그리고……."

리타는 손을 멈추고 펜을 놀리며 리스트를 만들었다.

듣는 것만으로도 쇼핑에 대한 여성의 집념을 일부 느끼고 데일은 전율했다.

라티나가 밥을 다 먹을 때까지 기다려 한숨 돌린 뒤, 데일은 그녀를 안은 채 『춤추는 범고양이』 밖으로 나왔다.

"우선은 신발이겠네…… 맨발로 걷게 할 수는 없으니까."

그녀의 무게 자체는 별것 아니지만 짐도 옮겨야 했다.

"데일?"

"「쇼핑」은 뭐라고 해야 하지……."

그림책이라도 사 올까, 혼자 중얼거렸다. 저렴한 물건은 아니지만 그 정도야 그에게는 부담스럽지 않았다.

도시 중심부에 가까워질수록 모험가의 모습은 보이지 않게 되고 마을 주민들이 많아졌다. 중심부 광장에서 열리는 장에는 이웃 마을 주민이나 행상인도 물건을 늘어놓고 있었다. 이쪽이 목적인 사람도 많을 것이다.

데일은 도중에 길을 꺾어서 동구로 향했다.

리타에게 들은 대로 발트라는 장인의 가게 문을 열었다.

—그로부터 몇 시간 뒤, 광장에서 녹초가 된 얼굴로 주저앉아 있는 데일의 모습을 찾을 수 있었다.

"지, 지쳤어……."

고개를 푹 숙이고 중얼거렸다. 그런 데일 옆에는 커다란 자루가

쌓여 있었다.

솔직히 말해서 마수를 해치우는 쪽이 편했다. 여자들밖에 없는 가게 안에서 익숙지 않은 쇼핑을 계속하는 것이 이렇게나 고행일 줄은 몰랐다.

한 손에 여아용 속옷을 든 자신에게 향했던 시선이라든가, 진짜 하지 말아 줬으면 했다. 곁에 라티나가 없었다면 정말로 헌병이 출동했을지도 모른다.

그렇게 비관적으로 생각하고 말 정도로 데일은 완전히 피폐해져 있었다.

"데일, 「*******?」"

"그래. 걱정하지 않아도 돼. 「부정, 문제」……괜찮아."

"갠, 차나?"

"그래, 괜찮아."

옆에 앉은 라티나는 시장에서 산 열매를 먹고 있었다. 외출하기 전에 리타가 수분 보충과 영양 공급을 잊지 말라고 입에 침이 마르도록 신신당부했기 때문이다.

데일이 잘라 준 싱싱한 열매를 전부 먹은 뒤, 라티나는 끈적끈적해진 손을 보고 생각에 잠겼다.

한동안 보고 있으니 난처하다는 얼굴로 올려다보는 라티나와 눈이 마주쳤다.

"……라티나는 꽤 곱게 자랐을지도 모르겠네……."

주변에서 흔히 볼 수 있는 악동이었다면 진즉에 옷에다 대충 닦

앉을 것이다. 어제부터 그녀를 지켜본 바로는 상당히 『예의 바른』 인상을 받았다.

물론 데일을 상대로 긴장하고 있기도 할 것이다.

이 똑똑한 아이는 그 정도는 신경 쓸 것 같았다.

「물이여, 내가 명하노니, 나타나라. 《발현:물》.」

데일의 짧은 영창으로 나온 물 구슬이 라티나의 손 위에서 터졌다.

"닦을 거…… 겸사겸사 라티나용 수건도 몇 장 사 둘까……."

그렇게 중얼거리고 다시 시장을 살펴보러 일어선 데일은, 자신이 그 행동을 계속 반복하여 구입한 물건들이 당초 예정을 아득히 넘어서고 있다는 것을 아직 깨닫지 못했다.

—그가 그 사실을 자각한 것은 대량의 짐을 껴안고 돌아와 리타와 케니스의 어이없다는 눈길을 받았을 때였다.

머지않아 사야 할 물건은 다 구매했지만, 그쯤 되니 라티나는 상당히 지친 얼굴이었다.

"라티나, 괜찮아?"

"괜찮아."

하지만 물어보아도 그렇게 대답하며 고개를 저었다.

이 배려할 줄 아는 아이에게 괜찮다는 말을 가르친 것은 실수였을지도 모른다.

데일은 한숨을 쉰 뒤 짐을 고쳐 안고서 라티나를 안아 올렸다.

"데일, 괜찮아."

"「피로, 풀다, 무리, 부정」."

그렇게 말해도 고개를 젓는 라티나를 타이르며 등을 가볍게 두드렸다. 짐은 늘었지만 라티나를 포함해도 옮기지 못할 정도는 아니었다.

아니나 다를까 데일이 『춤추는 범고양이』에 도착했을 때 라티나는 그의 팔 안에서 잠들어 있었다.

여전히 라티나는 이상한 소리를 내며 잤다. 지금은 쿠퓨~ 쿠퓨~ 하는 소리가 들렸다.

객석 의자를 늘어세워 만든 즉석 침대에서 그녀는 한창 낮잠 중이었다.

지금 『춤추는 범고양이』에는 손님이 거의 없었다. 식사를 하기에는 이르고, 일을 찾기에는 늦은 시간이었다. 정보를 구하는 여행자나 모험가가 가끔 모습을 나타내는 정도였다.

라티나의 자는 얼굴을 바라보면서 데일은 희석한 와인을 마시고 있었다.

"으음……."

무심코 신음을 흘렸다.

"왜 그렇게 다 죽어 가는 얼굴이야?"

카운터 안에서 가게를 보고 있던 리타가 어이없다는 시선을 보냈다.

"어제 의뢰 말인데, 완료했다고 보고해야 하지만…… 대상이 대상이다 보니 일부를 잘라서 가져올 수도 없었거든."

"아아, 그거. 냄새 지독하니까. 가져왔다면 출입 금지야."

"알고 있었으면 가르쳐 줄 것이지."

"가르쳐 주면 아무도 의뢰를 안 받을 거 아니야."

리타는 지극히 당연하다는 얼굴로 대답했다.

그래서 의뢰 달성 조건이 그렇게 되어 있었던 것이라며 데일은 뒤늦게 이해했다.

"의뢰인이랑 같이 현지를 확인하러 가야 해. 내일은 아마 늦을 거야."

이 일은 크로이츠의 약사들이 의뢰한 것이었다.

마수가 군집을 이룬 곳 너머에, 마침 이 지역에서는 거기서밖에 나지 않는 약초 군생지가 있다고 한다.

마수 퇴치를 완료했다는 증명 작업으로 내일 약사를 데리고 현지에 가겠다는 계약이었다.

보통 이런 형태의 의뢰는 대체로 마수의 몸 일부 — 귀라든가 — 를 잘라서 가져가는 일이 많았다. 그러나 이번 일의 『개구리』는 예외였다. 그렇게 심한 악취를 내뿜는 마수는 흔치 않았다.

의뢰를 달성한 이상, 확인 작업을 미루면서 의뢰인을 기다리게 할 수도 없는 노릇이었다. 그렇다고.

"라타나를 데리고 갈 수는 없는 노릇이지……."

목적지는 마수가 생식하는 지역이었다. 책임진 지 얼마 되지도 않은 그녀를 품에서 놓기가 불안하더라도 데려가는 것은 너무 위험했다. 하지만 저렇게 어린 라타나를 혼자 둬도 괜찮을까.

"여기 두고 가면 되잖아."

데일의 고민을 간단히 잘라 내며 리타가 말했다.

"보육료는 이번 달 집세에 달아 둘게."

"……그래도 돼?"

"달리 방법이 없잖아? 이번엔 어쩔 수 없으니까 다음부터는 돌봐 줄 사람은 스스로 찾아."

그렇게 되면 데일의 다음 과제는 라티나에게 이 사실을 잘 말하는 것이었다.

낮잠에서 깬 라티나의 입에서 제일 처음 나온 것은 「데일?」이라는 울먹이는 소리였다. 보호자로서 이보다 행복할 수는 없었다.

"여기 있어."

그의 목소리가 들리자 그녀는 눈에 띄게 안도한 모습이 되었다.

그리고 의자에서 내려오더니 카운터에서 서류를 작성하고 있던 데일 옆으로 아장아장 다가왔다.

작은 손으로 데일의 옷을 꼭 쥐고 그를 올려다본 뒤에야 불안해 보이던 얼굴이 누그러졌다.

"안 되겠어, 리타. 나, 라티나를 두고는 못 가!"

"바보 같은 소리 하지 마. 위험한 곳이잖아!"

"괜찮아. 의뢰인은 버리더라도 라티나는 끝까지 지키겠어."

리타의 얼굴에 「이 녀석 구제할 길이 없을지도.」라고 쓰여 있었다.

"데일?"

"라티나…… 우와아…… 역시 싫어. 의뢰비보다 라티나를 고르는 것도 괜찮지 않을까……!"

"바보. 슬슬 예의 그『일』때문에 멀리 갈 필요도 있잖아. 그 전에 혼자 집을 보게 할 기개가 없다면 네가 키우는 건 애초에 무리야."

리타의 말은 옳았다.

그의 일은 위험해서 어린아이와 함께 갈 수 있을 만한 종류가 아니었다.

혼자 집에 두는 시간은 어떻게 해도 길어진다.

리타와 케니스도 있으니 식사 등을 걱정할 필요는 없었다. 그 숲 속에서 혼자 있을 때와는 비교도 되지 않을 만큼 안전하고 쾌적할 터였다.

분명 괜찮을 것이다.

하지만 그렇다고 그것이 아무렇지도 않지는 않았다.

라티나가 외로워하리라는 것은 처음부터 알고 있었을 테지만.

"으……."

혼자 두기 싫다는 이유로 이제 와 라티나를 고아원에 맡긴다는 선택지는 데일에게 없었다.

이것은 극복해야 하는 일이었고, 그것이 예상보다도 빨리 찾아왔을 뿐이다. 알고는 있었다.

"너무나…… 가혹한 시련이야……!"

그렇게 무심코 중얼거렸다.

리타의 얼굴에「어휴, 이 녀석 글렀네.」라고 적혀 있었다.

결론적으로 라티나는 착하게도 순순히 받아들였다.

데일의 서투른 말을 진지한 얼굴로 조용히 들은 라티나는, 눈썹을 찌푸리며 북받치는 감정을 삼키고서 견디기로 한 것 같았다.

"괜찮아."

그리고 고개를 끄덕이며 대답해 보였다.

보고 있던 주변 어른들이 내심 한목소리로 화답했다.

기특하지만 애처로워. 이 애 뭐야, 너무 갸륵하잖아……! ─라고.

그중에서도 현저한 반응을 보인 사람은 어제까지의 자기 자신을 잃어 가고 있는 그였다.

"미안해, 미안해! 라티나!"

무심코 꼬옥 끌어안았다. 라티나가 놀란 얼굴을 했다.

"데일? 라티나, 괜찮아."

거듭 그렇게 말하는 아이는 어떤 의미로 데일보다도 훨씬 어른스러웠다.

그렇게 빨리 어른이 되지 않아도 될 텐데.

마음이 완전히 흐물흐물 녹아내린 데일은 라티나를 안아 올린 채 방으로 데려갔다.

방에는 아까 사들인 짐이 쌓여 있었다. 라티나가 자는 동안 옮겨둔 것이었다.

그녀 앞에서 사 온 물건을 정리해 갔다.

이것이 무엇인지 하나하나 말해 주면서 정리하는 것은 말을 가르치기 위해서이기도 했다.

속옷과 옷은 큼직한 바구니에 넣고, 자질구레한 물건은 다소 작은 바구니에 넣었다. 그리고 그 바구니들을 침대 안쪽, 지붕의 경사 때문에 데드 스페이스가 되었던 곳에 나란히 놓았다. 작은 라티나라도 물건을 꺼낼 수 있도록 생각한 배치였다.

그림책도 몇 권 사 왔기에 선반 아래쪽에 넣었다.

라티나는 데일이 정리하는 모습을 가만히 보고 있었다.

데일이 사 온 것이 자신을 위한 물건이라는 사실은 이해하고 있는 모양이었다.

얼추 정리를 끝낸 데일은 자신의 무릎 위에 라티나를 앉히고, 사 온 그림책 중에서 한 권을 골라 펼쳤다.

어린아이에게 글자를 가르치기 위한 책이었다.

색칠된 삽화에 그 이름이 나란히 적혀있는 구조의 비싼 책이지만 내용은 매우 평이했다.

라티나의 모습을 보니 그녀에게는 너무 간단한 내용일 것이라는 생각이 들었다.

하지만 글자와 말을 가르칠 교본으로 쓰고자 구매한 것이었다.

데일은 천천히 그림책을 낭독했다.

라티나는 눈을 깜박이는 시간도 아까운지 몸을 앞으로 기울이고 그림책에 집중하고 있었다.

역시 이 아이는 나이에 걸맞지 않을 정도로 어른스러운 반응을 보인다.

"데일, 「**, *****?」"

"응? 아, 맞아."

가끔 그림을 가리키며 의문을 입에 담았다.

마지막까지 다 읽고 라티나의 모습을 살피니 그녀도 이 책의 역할을 이해한 것 같았다.

스스로 첫 페이지를 펼친 뒤 데일을 재촉하듯이 올려다보았다.

그가 한마디씩 나누어 낭독하자 이어서 따라 했다.

"개, 고양이, 말."

"개애, 고야이, 마알."

진지한 표정으로 혀 짧은 소리를 내는 것이 너무 귀여워서 정정해 주질 못했다.

그 뒤로도 그림책에 집중하는 라티나를 사랑스럽게 바라보고 있다가, 창문으로 석양이 비쳐 들 때가 되어서야 시간이 지났다는 사실을 깨달았다. 완전히 해가 지기 전에 라티나를 욕실로 데려갔다.

어린아이가 어떤 병에 걸리는지는 초보 보호자에게 어려운 문제였으나 청결한 편이 좋을 것이라는 판단에서였다.

아직 대중목욕탕에 데려가기에는 불안했으므로 한동안은 『범고양이』의 욕실을 쓰기로 했다. 대신 청소를 하라는 분부를 받았다.

"아무리 야무지더라도 애 혼자 욕실에 두면 절대 안 돼! 아이들이 물에 빠지는 사고는 많이 일어나니까!"

리타의 말이었다.

하지만 오늘도 라티나는 옷을 벗겼더니 불만스러운 얼굴을 했다.

이 아이가 현재 데일에게 언짢은 표정을 지을 때는 이때뿐이었다. 입욕 자체는 싫어하지 않는 것 같은데 무엇이 그리도 마음에 들지 않는 걸까.

양손으로 거품을 뜨면서 노는 라티나를 보며 데일은 그런 생각을 하고 있었다.

입욕과 저녁 식사를 끝낸 뒤, 다시 꾸벅꾸벅 졸기 시작한 라티나를 안아서 방으로 돌아가 침대에 누웠다. 오늘은 어제의 반성도 살려서 화장실에도 확실하게 보냈다.

"⋯⋯잘 자, 라티나."

머리를 쓰다듬으며 그렇게 속삭였다.

"쟐 쟈⋯⋯ 데일."

그러자 라티나는 반쯤 잠에 취해서 그의 말을 되풀이했다.

꼭 끌어안고 싶다는 충동이 일었으나 그러면 라티나가 깰 테니 자중했다.

잔잔한 온기를 품속으로 느끼는 밤이 지나고, 해가 떠올라 날이 밝았다.

아침이 오는 것이 이렇게나, 이렇게나! 괴로운 일일 줄은 몰랐다.

그렇게 축 처져 있는 데일을 리타가 기막히다는 얼굴로 보고 있었다.

"됐으니까 적당히 하고 얼른 가."

"라티나, 최대한 빨리 올 테니까, 얌전히 있어야 한다?"

말이 거의 통하지 않는다는 사실을 알고 있지만 그래도 말하지 않을 수 없었다. 데일은 『범고양이』 앞에서 리타와 나란히 선 라티나를 끌어안으며 말했다.

이 상태로 더 미적거리다간 리타의 발에 차여서 나가게 될 것 같다는 살기를 느끼고 마지못해 몸을 뗐다. 그리고 라티나의 얼굴을 들여다보면서 머리를 쓰다듬었다.

"다녀올게."

라티나는 데일의 말을 듣고 고개를 갸웃했다. 그때 리타가 말했다.

"다녀오세요. 야. 라티나."

자신의 이름이 들리자 라티나가 리타를 보았다.

"다녀오세요."

리타가 되풀이하는 것을 듣고 라티나는 데일을 향해 더듬더듬 따라 했다.

"데일. 다녀어세요?"

"그래. 다녀올게."

데일이 웃는 것을 보고 라티나도 미소 지었다.

†

『춤추는 범고양이』의 아침은 분주하다.

숙박 중인 모험가가 식사하는 옆에서 새로 붙은 의뢰 전단을 확인하는 사람의 모습도 보였다.

의뢰를 들고 오는 마을 사람은 좀 더 늦은 시간에 많지만 당일

대응을 희망하는 급한 의뢰도 적지 않았다. 그런 의뢰인을 응대하는 것도 필요했다.

일하러 나가는 모험가 중에는 이 시간에 출발하는 자도 있는데, 그런 사람들은 대부분 소모품을 사 간다.

손이 열 개라도 모자랄 만큼 바빴다.

주점 — 이긴 하지만 이 시간대에는 식당이라는 측면이 강하다 — 을 돌아다니고 있는 사람은 케니스다. 리타도 가끔 홀에 나오긴 하지만 그녀는 주로 『초록의 신 출장소』 일과 정산에 쫓기고 있었다.

그런 분주한 가게 모습을 라티나는 흥미롭게 지켜보는 중이었다.

"어이쿠…… 위험해."

양손에 두 개씩 접시를 든 케니스가 발치에 있던 라티나를 보고 놀라면서 말을 걸었다.

라티나는 갸웃, 고개를 기울였다.

오늘 그녀는 어제 사 온 분홍색 원피스 차림이었다. 리타가 묶어 준 머리는 커다란 분홍색 리본과 함께 양쪽에서 흔들리고 있었다. 데일이 통 크게 머리 장식도 사들였기에 매일 다른 장식을 쓸 수 있을 만큼 종류가 다양했다.

라티나는 케니스가 요리를 옮기고 빈 접시를 치우며 주문을 처리하는 모습을 시선으로 쫓고 있었다.

리타는 대부분 카운터 안쪽에 있는지라 말을 모르는 라티나로서는 그녀가 무얼 하고 있는지 이해하기 어려웠다.

그런 점에서 케니스의 행동은 라티나도 알기 쉬웠다.

지금까지 지내면서 케니스가 식사를 만들어 주는 것을 라티나는 분명하게 보았다. 지금도 그녀에게는 몇 인분일지 알 수 없을 만큼 푸짐한 식사를 바쁘게 담고 있었다.

혼자서 고개를 끄덕인 라티나는 종종걸음으로 가게 안 소란에 섞여 들었다.

"……응?"

케니스가 이변을 눈치챈 것은 매시드 포테이토가 가득 담긴 접시 옆에 방금 막 완성된 훈제 고기 스크램블 에그를 담고자 작업대로 돌아선 순간이었다.

그릇이 늘어나 있었다.

개수대 옆, 설거지할 그릇을 쌓아 둔 곳에 설거짓거리가 늘어난 것이다.

처음에는 리타가 가져온 것이라 여겼다. 그녀의 일도 바쁠 시간 이지만 마침 살짝 손이 비었나 보다고.

그러나 완성된 요리를 들고 가게로 나와 보니 리타는 의뢰인을 응대하면서 잡화 판매를 처리하고 식사 손님의 정산까지 하고 있었다.

저런 상황에서 홀에 나오는 것은 도저히 무리였다.

"자, 식사."

한마디 건네면서 친숙한 털보 — 단골손님인 고참 모험가 — 앞에 요리를 놓자 그는 멍하니 입을 벌리고 있었다.

"뭐야. 왜 그렇게 멍청한 얼굴을 하고 있어?"

"너야말로. 아주 쪼끄만 종업원을 들였네?"

단골손님이 가리키는 방향으로 시선을 돌리고 그제야 케니스도 겨우 알아챘다.

라티나가 그릇을 들고 걷고 있었다.

자그마한 그녀에게는 그릇 하나도 상당히 무거운 짐인 모양이었다. 양손으로 단단히 들고 주방으로 향하고 있었다.

잠시 후 다시 가게로 돌아와 두리번거리며 주위를 살폈다. 그러다 빈 접시를 발견하고 고개를 끄덕이더니 어딘가 사명감이 느껴지는 얼굴로 테이블로 향했다.

너무 작은 라티나의 모습을 보고 깜짝 놀란 손님에게 생긋 웃고서 빈 접시를 잡았다.

살짝 비틀거린 라티나의 모습에 그 테이블 손님 말고도 여기저기서 조마조마한 시선을 보냈다.

그녀가 무사히 주방에 다다르자 우락부락한 남자들에게서 안도한 분위기가 흘러나왔다.

"라티나?"

케니스가 불러 세우니 라티나는 발을 멈추고 불안한 얼굴로 그를 올려다보았다.

그 얼굴에는 「잘못한 거야?」라고 쓰여 있었다.

케니스는 잠시 생각했다.

라티나는 제대로 손님의 모습을 보고 빈 접시를 치우고 있었다.

자신의 능력을 과신하지 않고 가능한 범위 내의 일만을 했다.

주위를 살피며 주변 사람과 부딪치지 않도록 피하고 있었다.

어쨌든 자신이 알아채지 못하게 움직일 수 있다는 것은, 자신이 어떻게 움직이고 있는지 제대로 파악하고 있다는 말이었다. 라티나가 주위를 잘 신경 쓰고 있다는 증거였다.

케니스는 한 손에 간단히 잡혀 버릴 만큼 작은 그녀의 머리에 손을 올렸다.

문질문질문질.

"응. 뭐, 좋아."

쓰다듬었더니 라티나는 케니스의 손에 휘둘려서 살짝 어질어질한 것 같았다.

내버려 둬도 해는 없다.

케니스는 그렇게 판단을 내렸다. 오히려 조금이라도 정리해 준다면 더 바랄 나위가 없다고.

손님들 심장에 나쁘든 말든 알 게 뭔가.

아침 피크가 지나고 케니스는 『냉장고』에서 어젯밤 넣어 뒀던 그릇을 꺼냈다.

"라티나."

부르니 순순히 다가왔기에 그녀를 주방 테이블 앞에 앉혔다.

그녀가 보고 있는 앞에서 그릇을 뒤집었다. 내용물이 탱글, 미끄러져 내렸다.

라티나의 눈이 동그래졌다.

남은 콤포트를 잘게 썰어 넣고 조려서 굳힌 젤리가 오늘의 간식이었다. 라티나에게 숟가락을 쥐여 주었다.

설거지하면서 모습을 살피니 라티나는 숟가락 끝으로 젤리를 톡톡 건드리며 탱글탱글 흔들리는 감촉을 즐기고 있었다.

점심이 가까워지자 『범고양이』를 찾는 발길도 끊겼다.

주요 고객층인 모험가들은 일하러 나갔을 시간이라 주점 영업도 일시 중단되었다. 이 시간대는 『초록의 신 출장소』 업무만을 받았다.

"리타, 재료 사러 갔다 올게."

"다녀오세요."

케니스가 가게 안에 있는 리타에게 말을 걸자 평소보다도 정중한 대답이 돌아왔다.

대체 무슨 일인가 의문스럽게 여길 틈도 없이, 카운터 구석에서 얌전히 그림책을 펼치고 있던 라티나가 케니스를 올려다보며 생긋 웃었다.

"다녀오세요."

"……역시 아이란 참 좋은걸. 리타, 세 명 정도 어때?"

"일단은 첫째부터 만들어야 하지 않겠어?"

정말 바보라니까. 그런 리타의 얼굴도 아주 싫어하는 기색은 아니었다.

케니스가 장을 보고 돌아오자 라티나가 종종걸음으로 다가왔다.

뒤에서 리타가 히죽이며 보고 있었다.

"다녀오셔써요."

그렇게 말하고 라티나는 잘했냐는 듯이 리타를 돌아보았다.

"……."

케니스는 평소 재료를 구매하러 나갔을 때는 사 오지 않는 여러 과일을 작업대 위로 쏟았다.

자, 그럼 뭘 만들어 볼까 하며 팔을 걷어붙이는 그의 입가도 칠칠치 못하게 풀려 있었다.

그다지 데일을 탓할 처지는 아니었다.

그건 그렇고 라티나는 손이 거의 가지 않는 아이였다.

점심에 그녀에게 주었던 치즈가 들어간 작은 샌드위치도 예의 바르게 우물우물 먹고서 빈 접시는 스스로 개수대까지 옮겼다.

그 외의 시간에도 혼자서 그림책을 펼치고 있거나, 케니스나 리타가 하는 일을 보고 있었다.

결코 방해될 만한 행동은 하지 않고 **자신이 있어도 괜찮은 곳**을 파악하고 있다는 느낌이 들었다.

데일에게 듣기로는 마수의 서식처에서 스스로 먹을 것을 찾으며 살아남았다는 모양이었다. 이렇게 작은 아이가 경험하기에는 너무 가혹한 상황이었으며, 또한 매우 대견한 행동이었고 운이 좋았다고 할 수 있었다.

하지만 그것도 언제까지 이어졌을지 모르는 일이었다.

바짝 마른 몸을 봐도 알 수 있듯이 데일의 눈에 띄지 않았다면 머지않아 완전히 쇠약해져서 짐승의 먹이가 됐을 것이다.

그렇기 때문일까. 주위를 너무 신경 쓰는 것 같다는 생각도 들었다.

케니스가 보는 앞에서 꾸벅꾸벅 졸기 시작한 라티나는 흐느적거리며 계단 쪽으로 향했다.

방으로 돌아가게 하더라도 저 상태로 혼자 다락방에 보내는 것은 역시 위험했다.

케니스는 주방과 인접한 식자재 창고 한쪽에 있던 나무 상자를 늘어세웠다. 그리고 비틀비틀 나아가고 있는 라티나를 앞질러 2층에 있는 자기 방으로 향했다. 천과 매트를 들고 돌아와 나무 상자 위에 깔고 즉석에서 낮잠용 침대를 마련했다.

계단의 가장 밑에서 수마와 싸우며 기어오르려 분투하고 있던 라티나를 부르면서 방금 만들어진 침대를 탁탁 두드렸다.

"라티나."

돌아본 그녀의 눈은 반쯤 감겨 있었다.

케니스가 쓰게 웃으며 라티나를 나무 상자 위로 안아 올려 눕히자, 어지간히 한계였는지 순식간에 고른 숨소리가 들리기 시작했다.

†

—번쩍 눈을 뜬 라티나는 두리번거리며 주위를 둘러보았다.

"데일?"

자신을 그 숲에서 데려와 준 사람의 이름을 불렀다.

외톨이였던 자신을 찾아내 준 사람.

안전한 장소와 안전한 식사를 제공해 준 사람.

사람의 온기를 떠올리게 해 준 사람.

자신에게는 『안심해도 좋다는 상징』인 사람의 이름을 불렀다.

"라티나, 일어났어?"

데일과는 다른 남자의 목소리를 듣고 라티나는 혼란스러워졌다. 순간적으로 도망쳐야 한다며 온몸에 힘을 주었다.

하지만 그때 부드럽게 퍼지는 달콤한 냄새를 알아챘다.

끔뻑끔뻑 눈을 깜박인 라티나는 자신이 있는 곳을 떠올렸다.

✝

낮잠에서 깬 라티나가 제일 처음 낸 것은 데일을 부르는 소리였다. 그것으로 케니스는 그녀가 일어났음을 깨달았다.

작은 냄비를 저으면서 라티나의 모습을 보니, 겁을 집어먹은 작은 동물이 경계하는 것처럼 주위를 살피고 있었다.

케니스가 말을 걸자 그것이 더욱 경계를 강하게 한 모양이었다.

그러나 갑작스럽게 움직이는 것이 아니라, 상황을 판단하고 바로 행동에 옮길 수 있도록 힘을 모으고 있었다.

이 아이는 정말로 똑똑한 것 같다며 케니스는 감탄했다. 신출내기 모험가라고 자칭하는 혈기 왕성한 무리보다도 훨씬 냉정하고 정확한 판단이었다.

막 잠에서 깨 자신이 놓인 상황을 잊어버리는 것 정도는 아직 어리니 어쩔 수 없는 일이었다.

케니스는 냄비를 불에서 내려 라티나 쪽으로 돌렸다.

걸쭉하게 잘 뭉그러진 베리가 달콤한 냄새를 풍겼다.

케니스의 계획대로 그 냄새를 알아챈 라티나의 몸에서 힘이 빠졌다. 그리고 나무 상자에서 「영차.」 하는 동작으로 내려오더니 케니스 옆으로 아장아장 다가왔다.

내밀어진 냄비 안을 들여다보는 라티나에게서 아까처럼 털을 곤두세운 작은 동물 같은 느낌은 들지 않았다. 나이에 걸맞은 어린 소녀의 얼굴이었다.

라티나의 흥미를 끈 뒤, 케니스는 얇게 자른 빵 위에 완성된 잼을 발랐다. 듬뿍 발라 주고 싶었지만 그랬다간 화상을 입게 될 것이다. 금방 식을 정도면서 맛보기에는 충분한 양을 가늠했다.

라티나에게 건네자 그녀는 확인하듯이 케니스를 보았다.

그리고 조심조심 빵을 물었다.

표정이 확 펴지며 반짝였다.

라티나가 열심히 먹는 사이에 잼이 흘러내렸다. 순간적으로 손에 받아 낸 아이는 손바닥을 핥았다가 퍼뜩 정신이 든 것처럼 케니스를 보았다. 하지만 그가 꾸짖기는커녕 웃고 있는 모습을 보고 라티나도 미소를 돌려주었다.

케니스가 병에 넣은 잼을 라티나는 한동안 질리지도 않고 바라보았다. 요리사로서는 정말 만드는 보람이 있는 상대였다.

해가 기울기 시작하자 슬슬 모험가들이 마을로 돌아왔다.

『춤추는 범고양이』가 다시 바빠지는 시간이었다.

『범고양이』에 오는 손님이 전부 투숙객은 아니었다. 술과 식사를 목적으로 방문하는 사람 쪽이 압도적으로 많았다.

모험가 외에도 퇴근하는 마을 문지기나 헌병 등의 모습도 보였다.

이곳은 점잔 뺄 것 없이 저렴하게 먹고 마실 수 있는 가게로 우락부락한 녀석들이 모이는 곳이었다.

이 시간이 되면 『초록의 신 출장소』 업무는 문을 닫는다. 리타가 홀을 전문적으로 돌며 부부가 둘이서 어떻게든 이 소란을 헤쳐 나갔다.

카운터 구석 자리에서 저녁을 먹고 있는 라티나도 그런 떠들썩한 가게 모습에 정신을 뺏긴 상태였다.

으하하 하고 손님이 크게 웃자 라티나의 입으로 이동 중이던 뇨키[#1]가 뚝 떨어졌다.

그 사실도 알아채지 못하고 라티나는 동그래진 눈으로 가만히 관찰을 시작하고 있었다.

처음으로 조우한 생물을 보는 거 같은 눈이라고 케니스는 생각했으나 입 밖으로 꺼내지는 않기로 했다.

그런 라티나의 눈꺼풀이 무거워지기 시작했을 무렵 『춤추는 범고양이』의 문이 열렸다.

"어머, 데일."

리타의 목소리를 듣고 라티나의 눈이 번쩍 뜨였다.

#1 뇨키 이탈리아풍의 수제비

의자에서 폴짝 뛰어내려 마중하기 위해 서둘러 달려갔다.

"라티나, 다녀왔……."

말도 끝내지 못한 데일의 다리를 꼬옥— 힘껏 껴안았다.

"라티나……."

역시 불안하게 만들었나 싶어서 데일은 눈썹을 찌푸렸다. 그리고.

"다녀오셔써요."

고개를 든 라티나의 그 말에 아이를 안아 올리려고 몸을 어중간하게 반쯤 숙였던 데일이 그 자세로 굳었다.

리타와 케니스가 히죽거리고 있었다.

자연스럽게 헤벌쭉 풀어지는 표정을 추스르지도 않고 재기동한 데일은 라티나를 안아 올렸다.

"다녀왔어, 라티나. 혼자 집도 보고 장하네."

웃어 보인 뒤 힘을 주어 꽉 끌어안자 그녀는 활짝 웃었다.

주위에 있는 단골손님들은 데일과도 낯익은 사이였다. 그의 헤벌어진 얼굴을 보고 가차 없이 놀리는 말이 날아왔다.

"뭐야, 데일. 상당히 조그만 **여자 친구**네."

"시끄러워."

매몰차게 대응하면서 라티나를 안은 채 의자에 앉았다.

그리고 리타가 식사를 가져오자 물어보았다.

"라티나, 밥은?"

"이미 먹었어. 조금 전까지 졸고 있었을 정도인걸."

그 장본인은 데일의 무릎 위에서 완전히 안심한 얼굴로 행복하게 웃고 있었다. 보고 있는 쪽까지 절로 미소가 지어지는 그런 표정이었다.

"······어땠어? 라티나, 얌전히 있었어?"

"너무 얌전했을 정도야. 이 애 진짜 머리가 좋아. 자기가 놓여 있는 상황도, 어떤 행동을 해야 할지도 제대로 알고 있는걸."

데일 앞에 놓인 컵에 와인을 거칠게 콸콸 따르면서 리타가 말했다.

그는 평소 술이라고 해도 희석해서 알코올 도수를 낮춘 와인밖에 마시지 않는다. 리타도 굳이 물어보지 않고 언제나 그것을 그에게 내어 주었다.

그가 술을 못 마신다거나 싫어하는 것이 아니라 단순히 만취하도록 마시기를 꺼리기 때문이라는 것 역시 이 가게에서는 잘 알려진 사실이었다.

예전에 그의 이런 모습을 보고 어린애라며 깔보았던 처음 온 손님을 데일이 한 손으로 해치운 사건은 이 가게의 좋은 안줏거리였다.

라티나는 새끼 고양이가 애교를 떠는 것처럼 데일의 팔에 볼을 비볐다. 때때로 시선이 마주치면 기쁘게 활짝 웃었다.

지금까지를 통틀어 가장 어리광 부리고 있을지도 모른다.

'죄책감보다는 기쁜 마음이 더할지도······.'

외롭게 만들었기에 그 반동으로 응석을 부려 주는 것이라면 집 보기도 나쁘지 않아 보였다.

데일은 조그만 그녀에게서 주체하지 못할 사랑스러움을 느끼면서 그런 생각을 하고 있었다.

✝

라티나가 아주 똑똑한 아이라는 것은 일주일이 채 지나기도 전에 증명되었다.

그녀는 이제 일상적인 대화 정도라면 지장 없이 해낼 수 있게 되었다.

그리고 그 무렵 데일은 한 가지 고민을 안게 되었다.

라티나가 케니스를 부쩍 잘 따르게 된 것이다.

뚱— 하니 언짢은 얼굴을 감추려 들지도 않는 데일 앞에서, 어미닭을 쫓는 병아리같이 라티나가 케니스를 졸졸 뒤쫓고 있었다.

사 준 기억이 없는 앞치마를 원피스 위에 걸친 라티나는 앞치마와 똑같은 천으로 된 삼각 두건도 쓴 상태였다.

어린아이의 『도우미』 차림이었다.

가게를 청소 중인 케니스 옆에서 라티나는 힘껏 팔을 뻗어 식탁을 닦고 있었다.

'케니스랑 나란히 있으니 마치…… 부녀지간 같네.'

원래부터 데일은 케니스를 경계했었다.

'처음부터 라티나는 케니스에게 위장을 붙잡혔었고!'

고민이라기보다는 단순한 질투였다.

"청소, 끝?"

"그래."

청소 도구를 정리하는 케니스에게 확인받은 라티나는 주방으로 가서 받침대에 올라가 행주를 빨았다. 힘이 약한 그녀는 물기를 제대로 짜낼 수 없었기에 그대로 개수대에 올려 두었다.

그런 뒤, 그 라티나 전용 받침대를 질질 끌며 이동했다.

그리고 평소의 『정위치』에 놓고서 받침대에 다소곳이 앉았다. 이 또한 어느새 주방에 준비되어 있던 그녀의 전용 과도를 작은 손으로 확실하게 쥐고서 서투른 손놀림으로 채소 껍질을 벗겨 갔다.

페이스 자체는 『돕는 것』이라기보다 『수고를 끼치고』 있는 상태였으나, 케니스는 방해하지도 않고 그 옆에 앉아 자신도 묵묵히 껍질 벗기기 작업에 들어갔다.

—가르친 지 얼마 되지도 않았는데 서툴러도 혼자서 착실히 하고 있다는 점은 충분히 평가할 만하다.

그것이 케니스의 말이었고, 그는 묵직하게 지켜보는 태도를 고수했다. 조마조마한 마음에 무심코 도와주려는 것을 자중하기만도 벅찬 데일과는 입장부터 크게 차이가 났다.

"그렇게 신경 쓰이면 차라리 안 보면 될 텐데."

"라티나의 성장을 놓쳐 버리잖아."

이 남자, 도리어 시원스러울 만큼 단언해 버렸다.

리타는 서류를 정리하면서 뜨뜻미지근한 표정을 지었다.

라티나는 껍질 까기가 끝나면 휴식 시간이라고 정한 모양이었다.

식료 창고 구석에 놓아둔 그림책을 가져오더니 가게에 있는 데일

울컥

에게 다가왔다.

그림책은 두 권 있었다.

한 권은 처음부터 그녀가 말을 배우기 위해 쓰고 있는 그림책이었고, 다른 한 권은 이야기책이라 앞엣것보다 상당히 어려웠다.

"데일, 책, 읽어."

"그래."

데일로서는 라티나에게 읽어 주기 위해 고른 책이었기에 그녀가 스스로 읽기에는 어려울 것이라 여기고 있었다. 하지만 라티나는 이 짧은 기간 동안 더듬거리긴 해도 혼자서 읽을 수 있는 수준까지 되었다.

평소에는 조용히 묵독하지만 데일이 있을 때는 소리 내 낭독하는 것을 보면 첨삭받고자 하는 의도가 있는 것 같았다. 자신의 성과를 보고할 수 있다는 점도 기뻐 보였다.

마지막까지 다 읽고 데일에게 합격 판정을 받자, 이어서 라티나는 다른 그림책과 노트를 펼쳤다. 노트에는 앳된 구석이 남아 있는 서투른 글씨가 오밀조밀 적혀 있었다.

"이것도 케니스나 리타가 시킨 것도 아닌데 스스로 공부한 거지?"

"맞아. 라티나가 종이를 달라고 했을 때는 그림이라도 그리려나 싶었는데. 설마 글자 연습을 시작할 줄은 몰랐어."

"노랑 신의 신전이 운영하는 학교에도 아직 라티나 또래는 없지 않아?"

"응. ……하지만 이 애, 처음부터 펜 쥐는 법을 알고 있었어. 칼

사용법은 케니스가 하나하나 가르쳐 줬는데 펜은 누구한테 물어보지도 않고 제대로 썼다니까. 꽤 좋은 집안에서 자란 게 아닐까?"

라티나는 대화가 가능하게 되었어도 그다지 자신에 관해 이야기하려 하지 않았다.

말해 준 것은 정말로 최소한의 사실뿐이었다.

숲 속에 있었던 시신은 역시 아버지였다는 것. 뿔이 부러진 뒤, 아버지와 함께 태어난 고향을 떠났다는 것. 그녀가 태어난 곳은 마인족들만 모여 사는 마을이었다는 것. ―그 정도뿐이었다.

이 아이의 영리함을 생각해 볼 때 좀 더 이런저런 사실을 알고 있더라도 이상하지 않았다.

아마 이 아이는 『뿔을 부러뜨리는』 의미도 알고 있을 것이다. 자신의 사정을 자세하게 이야기하면 고향에서처럼 쫓겨날지도 모른다고 불안하게 여기고 있을지도 모른다.

데일 자신은 라티나가 말해 준다면 듣고 싶었지만, 억지로 캐물을 생각은 없었다.

함께 보낸 시간은 짧으나 이 어린아이가 죄인이라 불릴 만큼 사악한 존재가 아니라고 여기기에는 충분했다. 그렇다면 『죄』라는 것은 그녀 자신의 인격과는 관계없이 부여받은 종류이리라.

그것이 정치적인 것인지 종교적인 것인지까지는 알 수 없어도 불합리한 일이라는 점은 틀림없었다.

그렇기에 이 아이의 아버지는 함께 고향을 떠나는 것을 선택했겠을 것이다.

"데일, 왜 그래?"

그런 생각을 하다 보니 얼굴이 딱딱해졌던 모양이다. 어느새 라티나가 갸웃, 고개를 기울이고 데일을 올려다보고 있었다.

"응? 아무것도 아니야. 라티나, 말 잘하게 됐네."

그렇게 말하고 머리를 쓰다듬자 아이는 정말로 기쁜 듯이 웃었다.

"얘기할 수 있어서 기뻐. 노력했어."

"그래."

그녀가 웃으면 데일도 따라서 표정이 부드러워졌다.

데일도 라티나와 함께 살게 되면서 자신이 자주 웃게 되었다는 것을 깨닫고 있었다.

케니스나 리타와 실없는 이야기를 주고받으면서 웃는 일은 있었다. 하지만 이렇게 온화한 미소를 짓는 시간은 없었다.

라티나가 온 뒤로 생긴 확연한 변화였다.

점심 식사, 낮잠, 간식 시간 사이사이를 라티나는 자유 시간으로 보내고 있었다. 그녀는 데일이 외출하지 않는 날은 그의 곁에서 놀았다.

가끔 가게 입구에서 바깥을 바라보기도 하지만 지금까지 멋대로 나간 적은 없었다. 보호자 동반으로 근처를 산책하기는 해도, 아직 마을 지리를 다 외우지 못한 점도 있어서 그럴 것이다.

그러나 케니스가 본격적으로 밤 장사를 준비하기 시작하는 시간이 되면 라티나는 다시 주방으로 가 케니스 뒤를 쫓아다녔다.

데일은 그 모습을 보러 가서는 「열심히 노력하는 중」이라고 말하는 듯한 그녀의 더없이 진지한 얼굴을 마주하고, 아무 말도 할 수 없게 되어 기운 없이 돌아오는 일을 반복했다.

지금 라티나는 진지한 얼굴로 수많은 감자를 으깨는 임무에 임하고 있었다.

"진정 좀 해."

리타가 에일 맥주를 나르면서 말했다.

『춤추는 범고양이』는 기본적으로 주문품이 나올 때 정산하는 방식이었다. 돈을 떼먹고 가는 일을 방지하기 위해서였다. 다만 단골손님은 예외라서 마지막에 정산하는 것도 인정했다.

데일에 이르러서는 어지간한 일이 아니라면 집세와 합산했다.

리타의 앞치마에서 잔돈 소리가 울리는 것도 이 때문이었다. 그녀는 주문과 정산을 솜씨 좋게 처리하고 있었다.

참고로 아침 영업은 요금을 일률적으로 설정하여, 가게에 들어옴과 동시에 정산이라는 형태를 취해서 바쁜 시간대의 효율을 높였다.

리타의 그런 말을 듣고도 데일은 뚱한 모습으로 제대로 대답하지 않았다.

그러는 사이에 주방에서 쟁반을 든 라티나가 나왔다. 무게 때문에 살짝 비틀거리고 있었다.

순간 가게의 소란이 잠잠해졌다.

이 일주일 동안 단골손님들은 라티나를 완전히 인식했다.

자그마한 아이가 장난도 치지 않으면서 가게 안을 쪼르르 돌아다니니 싫어도 눈에 띄었다. 그리고 라티나는 보고 있으면 어쩐지 미소가 절로 나는 아이였다.

라티나는 신중하게, 신중하게, 천천히 걸었다.

요즘 라티나의 가장 큰 시련이 바로 이 데일의 저녁을 가져다주는 일이었다. 서빙을 하고 싶어 했지만 그렇다고 손님 것을 시킬 수도 없는 노릇이었다. 그래서 그 긍지를 존중하며 연습도 겸하여 이 일을 하게 되었다.

무사히 데일이 있는 곳까지 쟁반을 옮기자 그녀는 활짝 웃었다.

『미션 컴플리트』라는 미소였다.

객석에서 소리 없는 박수가 들린 것 같았다. 이틀 전 도중에 넘어졌을 때 라티나는 이 세상의 끝을 맞이한 것처럼 망연자실한 모습이었다. 차라리 울어 주는 편이 나을 것 같다는 생각이 들 정도로 침울해했었다. 그런 일이 있었던지라 지켜보는 사람들도 자연스럽게 힘이 들어갔던 것이다.

"데일, 밥, 드세요!"

데일이 쟁반을 받아서 테이블 위에 올렸다. 그것을 확인하고 주방으로 돌아가 이번에는 자신의 몫을 들고 왔다. 양이 상당히 차이가 났기에 그녀의 발걸음은 눈에 띄게 가벼웠다.

데일 옆에 얌전히 앉은 라티나는 저녁 식사를 앞에 두고 자랑스럽게 소리를 높였다.

"라티나, 오늘, 감자 만들었어. 데일, 먹어."

"그래. 오늘도 열심히 했구나, 라티나."

수북이 쌓인 매시드 포테이토를 가리키며 라티나가 웃는 얼굴로 보고했고 데일이 칭찬했다. 이것도 요 며칠 사이에 정착된 대화였다.

이 두 사람의 대화 후, 라티나가 도운 메뉴의 매상이 은근히 오르는 것도 최근 『춤추는 범고양이』의 경향이었다.

오늘도 행복한 얼굴로 식사하는 라티나의 모습을, 케니스는 여러 조리를 동시 진행으로 처리하는 사이 짬짬이 확인하며 빙긋 웃었다.

라티나는 매일 열심이었다.

언젠가 데일을 위해 요리를 만들고 싶다. 라티나는 그런 목표를 내걸고 있었다. 그리고 그녀가 진지하게 노력하고 있다는 사실을 케니스는 알고 있었다.

케니스는 착실하게 노력하는 사람을 좋아했다.

그녀는 충분하기 그지없을 정도로 열심히 하는 중이었다. 그리고 결과도 내고 있었다. 케니스에게는 가르치는 보람이 있는 『제자』였다.

데일만이 모른다.

라티나가 이 가게 안에서 평온한 얼굴로 지낼 수 있는 것은 이 가게가 『데일이 데려와 준 안심할 수 있는 곳』이기 때문이라는 사실을.

라티나가 조건 없이 완전히 안심한 모습으로 있을 수 있는 것은 『데일이 곁에 있기 때문』이라는 사실을.

데일이 없을 때 라티나는 그 작은 몸으로 필사적으로 주위를 살피며 위협마저 할 때가 있다는 사실을, 데일만이 보지 못했다.

"서로 의존할 상대가 있는 것도 나쁘지 않지. 데일에게도 말이야."

데일의 형을 자칭하며 그런대로 신뢰받고 있음을 자각하고 있는 남자는 냄비의 내용물을 그릇에 담으면서 그렇게 중얼거렸다.

3. 작은 소녀, 『세계』가 살짝 넘어지다.

라티나는 현재 위기였다.

"어쩌지……."

불안한 얼굴로 오가는 사람들을 두리번거렸다.

지금 아이가 있는 곳은 그녀가 평소 지내는 크로이츠 남구가 아니었다. 재료를 사러 나온 케니스를 따라 동구까지 와 있었다.

라티나가 동구에 온 것은 이번이 두 번째였다.

첫 번째 때는 말도 전혀 몰랐기에 주변이 신경 쓰여도 데일에게서 결코 떨어지지 않았다.

결과적으로 다행이었다.

이번에는 무심코 주위에 정신이 팔려 버렸다.

늘어선 상점들은 제각기 기발한 방법으로 길 가는 사람들의 흥미를 끌었다. 유통의 요지인 크로이츠는 물자가 풍부했다. 라티나가 지금껏 본 적도 없고 어디에 쓰는지도 알 수 없는 여러 가지 상품들이 가득했다.

남구와는 다른 거리 분위기에 의식을 빼앗겼다.

원래 라티나는 호기심이 강했다. 경계심과 주의력을 호기심이 웃돌고 만 것도 어쩔 수 없는 일이었다.

그러다가 정신을 차렸을 때는 케니스의 모습을 놓쳐 버린 상태였다.

'케니스랑 꼭 붙어 있겠다고 약속했는데…… 데일, 화낼까.'

그렇게 생각하자 안 그래도 침울했던 기분이 더욱 가라앉았다.

라티나는 막막한 얼굴로 어쩌면 좋을지 생각에 잠겼다.

그러나 불안함이 더 커서 좋은 방법이 떠오르지 않았다.

돌아가지 못하면 어쩌나.

'더는 만날 수 없게 되면 어쩌지.'

이제 혼자는 싫었다.

이렇게 사람이 많은데 견딜 수 없는 고독감이 엄습했다.

사고가 점점 더 나쁜 쪽으로 기우는 것을 막을 수 없었다.

'싫어…… 어쩌지, 돌아가야 해…… 돌아가야…….'

생각이 그 자리에서 빙글빙글 돌았다.

아무리 똑똑하다고 해도 라티나는 아직 어린아이였다.

이성이 아니라 감정에 휘둘리는 것은 당연한 반응이었다.

그러나 그 사실을 지금 그녀에게 전해줄 수 있는 사람은 이곳에 없었다.

길을 잃었다면 그 자리에서 기다려야 한다는 판단이 라티나의 머릿속에 없었던 것은 그녀가 『그 숲』 속에서 『누군가의 도움을 기다리는』 것이 아니라, 『스스로 어떻게든 해야만 하는』 환경에 있었기 때문일지도 모른다.

라티나는 어림잡아 방향을 가늠해 달리기 시작했다.

조금만 더 그곳에 머물러 있었더라면 허둥지둥 돌아온 케니스와 만났을 텐데.

정신없이 모퉁이를 몇 개 돈 라티나는 본격적으로 처음 보는 구획에 들어와 버렸다.

"……여기, 어디?"

그녀는 알 턱이 없지만 동구 중에서도 장인 거리라고 불리는 구역으로, 주거와 공방을 겸한 집들이 늘어서 있는 곳이었다. 동구의 큰길과 비교하면 변두리 색이 짙은 지역이다.

뒤얽힌 골목길도 많았기에 이곳 주민이 아닌 사람에게는 미로처럼 느껴질지도 모른다.

그것은 라티나도 마찬가지였다. 뒤돌아보았지만 이제 어디서 왔는지도 알 수 없었다.

"……어떡하지."

라티나가 망연자실하여 중얼거린 때였다.

"너 뭐야?"

등 뒤에서 목소리가 들려 깜짝 놀라 몸이 움찔 튀어 올랐다.

돌아보니 그곳에는 소년이 몇 명 서 있었다. 낯선 소녀를 보고 눈썹을 찌푸린 상태였다.

"너, 어디 사는 애야? 처음 보는데."

"……읏."

소년 중에서 가장 몸집이 큰 아이가 라티나에게 성큼 다가오면서 말했다. 그녀는 어떻게 대답하면 좋을지 알 수 없어서 거리를 벌리고자 뒷걸음질 쳤다. 그런 라티나의 모습을 보고 소년은 더욱더 의

심스럽다는 표정을 지었다.

"처음 보는 머리 색인데. 귀족집 앤가?"

"아니야, 루디. 귀족집 애라면 드레스를 입고 있겠지."

"그러게. 하지만 희한한 색이야. 금색도 은색도 아닌 것 같아."

루디라고 불린 커다란 아이 옆에 있던 동글동글한 얼굴의 차분한 소년과, 뒤에 있던 갈색 머리 소년이 각각 입을 열었다.

"이런 애가 이사 왔다면 소문이 안 났을 리 없겠지."

"그럼 너, 외부인이야?!"

루디의 강한 어조에 라티나는 다시 몸을 떨었다.

'왜 화가 난 거지?'

'라티나…… 뭔가 이상한가?'

'어쩌지…… 왜 화났는지 모르겠어.'

"그럼 안 돼, 루디. 이 애 울겠어."

"사람이 묻고 있는데 입 다물고 있는 건 저 녀석이라고!"

동글동글한 소년이 말리려 했지만 루디는 거침없이 라티나에게 다가왔다. 완전히 혼란에 빠진 라티나는 새파래진 얼굴로 도망치려 했다.

"왜 도망치는 거야! 수상해!"

"……! 「**! ****!」"

하지만 체격 차가 큰 것도 있어서 루디는 곧장 라티나를 앞질러 붙잡았다. 팔을 잡힌 순간 라티나가 지른 비명을 듣고 소년들은 어리둥절하다는 표정을 지었다.

"뭐라는 거지?"

"다른 나라에서 왔나 봐……."

서로 마주 보며 의논하는 소년들의 얼굴에서는 험악한 기운이 사라지고 당황만이 남아 있었저만, 혼란 상태인 라티나는 알아채지 못했다. 그녀는 필사적으로 몸을 비틀며 소리쳤다.

"「**, **! ****!」"

"뭐하는 거야!"

라티나의 그 비명을 듣고 근처 집에서 소년들과 비슷한 또래의 소녀가 튀어나왔다. 그리고 새파래진 라티나를 보자마자 소년들에게 달려들었다.

"이렇게 작은 애를 괴롭히다니 최악이야!"

"우왓, 그만해, 클로에!"

"아니야, 오해야!"

재빨리 거리를 둔 갈색 머리 소년을 제외한 두 사람은 클로에라고 불린 소녀의 주먹에 호되게 당했다.

혼란에 빠졌던 것도 잊은 채 라티나가 멍하니 바라보고 말 정도로 클로에라는 소녀는 대단했다.

도움을 받은 처지인 라티나가 중재에 들어갈 정도였다.

"아파? ……괜찮아?"

"괜찮아! 침 바르면 나을 테니까!"

"클로에 입에서 그 말이 나오는구나."

클로에에게 맞고 차인 두 소년, 루디와 마르셀 — 동글동글한 아

이 — 앞에 웅크려 앉은 라티나는 걱정스러워하며 얼굴을 흐렸다.

"라티나, 제대로 대답 못 했으니까…… 미안해……."

"겁먹게 한 우리 잘못이니까……."

마르셀이 그렇게 말하며 쓰게 웃자 라티나는 더욱 미안한 얼굴
이 되었다. 그리고 그의 눈앞에 작은 손을 내밀며 표정을 단단히
다잡았다. 입술을 적신 라티나는 정중히 말을 자아냈다.

"「하늘의 빛이여, 내 이름하에 나의 바람을 이루어라, 다친 자를
고치고 치유하라. 《유광(癒光)》.」

라티나의 손에서 흘러나온 부드러운 빛을 보고 아이들의 눈이
휘둥그레졌다.

라티나는 루디에게도 똑같이 회복 마법을 사용했다. 그 후 눈썹
을 찡그리더니 털썩 주저앉았다.

"괜찮아?"

"괜찮아. 조금 지쳤을 뿐."

라티나는 생긋 웃으며 클로에게 대답했다. 그것을 신호로 소년
들은 흥분하여 라티나를 에워쌌다.

"굉장해! 마법사야!"

"이렇게 작은데 마법을 쓸 수 있다니 진짜 대단하다! 누가 가르
쳐 준 거야?"

"나, 마법 처음 봤어!"

그 기세에 라티나가 겁먹은 모습을 보이자 클로에가 한 발 앞으
로 나와 날카롭게 노려보았다.

소년들의 움직임이 뚝 멈추자 라티나는 클로에의 등 뒤에서 얼굴을 내밀었다.

"대단해? 라티나, 간단한 치유 마법 하나밖에 못 쓰는걸?"

갸웃, 고개를 기울이는 그녀는 정말로 의아하다는 얼굴이었다.

"마법 쓸 수 있는 거, 대단해?"

"주민들 중에서는 쓸 수 있는 사람이 거의 없어. 신전이나 영주님네서 일하는 사람이라든가 큰 상회 사람은 별개지만. 그리고 모험가 정도려나."

갈색 머리 소년— 안토니가 그렇게 알려 주었기에 라티나는 이해하고 고개를 끄덕였다.

'데일은 모험가. 그래서 마법을 쓸 수 있구나.'

그리고 자신이 미아라는 사실을 퍼뜩 떠올렸다.

"라티나, 일행 놓쳐서…… 돌아가는 길, 몰라……."

"어디서 왔어? 라티나."

"남쪽…… 범고양이 가게……."

시무룩하게 대답하는 라티나를 보고 아이들은 얼굴을 마주했다.

"범고양이?"

"남쪽에는 가게가 별로 없지?"

"거기 아니야? 초록색 깃발 있는 데."

"모험가 가게?"

그 말에 라티나의 얼굴이 밝아졌다.

"응. 모험가, 가게에 잔뜩 와."

라티나의 대답을 듣고 아이들은 다시 서로의 얼굴을 보았다.

모험가 가게는 험한 일을 하는 외부인들이 모이는 위험한 곳이었다. 부모님들은 남구의 그 주변에서 놀지 말라고 했다.

그러나 이것은 사람을 돕는 일이었다.

결코 자신들이 가 보고 싶다는 이유 때문만은 아니었다.

―결국 아이들이란 어른들이 금지할수록 관심을 가지는 존재였다.

✝

라티나가 동구 아이들과 친해지기 조금 전.

남구에서는.

"라티나가 미아가 됐다고?!"

『춤추는 범고양이』에서 바깥까지 울려 퍼지는 비명이 들리고 있었다.

케니스는 라티나가 없다는 사실을 깨닫고 당황해서 곧장 주변을 살폈지만, 아이의 모습은 찾을 수 없었다. 그러나 그는 가게에 옮길 식자재 등의 업자도 상대해야 했다. 마냥 라티나를 찾고 있을 수만은 없었다.

동구에 있는 지인 몇 명에게 라티나를 찾으면 연락해 달라 부탁하고 서둘러 『범고양이』로 돌아왔다.

이 일을 가장 먼저 전해야 할 그녀의 보호자가 있는 곳으로.

"그래, 정말 미안하다. 거래 얘기 때문에 잠깐 눈을 뗐더니……."

케니스도 데일도 방심했다.

라티나는 아주 똑똑한 아이였다.

무의식중에 「이 정도는 괜찮겠지.」라는 생각이 있었다는 사실은 부정할 수 없었다.

이 아이는 야무지니까 이리저리 돌아다니지 않을 것이라고. 그런 생각은 그저 어른들이 멋대로 내린 결론이었다.

원래 어른과 아이의 시점은 다르다. 애초에 보고 있는 세계가 달랐다. 어른의 사고로는 아이의 행동을 다 파악할 수 없다.

"아니야. 그래, 어쩔 수 없지. 이미 미아가 되어 버렸으니, 이제와 이러쿵저러쿵해 봤자 벌써 일은 벌어졌으니까 어쩔 수 없어! 아아아아아아…… 이럴 줄 알았으면 수색 계열 마법도 배워 둘 거어어얼! 필요 없다고 했던 과거의 나, 라티나에게 사과해! 미안해, 미안해. 미안해애애…… 아니, 맞아. 지금은 라티나가 우선이야…… 어쩌지, 어떡해?! 그래, 의, 의뢰를 해서 마을에 있는 모험가들에게 라티나의 수색을!"

"일단 찾으러 가는 게 어때?"

"그거야!"

웃으면 안 되는 상황이지만, 우스울 정도로 동요한 데일의 모습을 보니 오히려 주변 사람들은 머리가 식었다. 혼란의 극치에 달한 데일에게 리타가 한 가지 행동 지침을 내리자 그는 즉시 가게를 뛰쳐나갔다.

"저기…… 리타?"

"마을에는 데일이 보호자라는 사실과 함께 라티나의 특징이 알려져 있고, 문지기 중에는 우리 가게 단골도 많잖아. 데리고 나가려는 바보가 있으면 문지기가 저지할 거야. 그 애라면 미아가 되더라도 자력으로 어떻게든 할 것 같긴 한데, 음……."

데일의 뒷모습이 사라지는 것을 확인하고 케니스가 아내를 바라보니, 그녀는 매우 냉정한 상태였다.

리타가 냉정하게 있을 수 있는 것은 라티나가 없어진 장소가 동구 중에서도 치안이 좋은 구역이라는 점이 컸다.

그녀는 가게 안에서 한창 잡담 중인 모험가 몇 명에게 얼굴을 돌렸다.

"수색을 도와준다면 오늘 밤 술값은 무료야. 찾아 준다면 따로 사례금을 지급하겠어. 찾지 못하더라도 일단 세기의 시^{해 지기 전}에는 돌아와 줘. 이 조건으로 어때?"

"뭐, 심심풀이는 될 것 같네."

"데일^{저 녀석}한테 빚을 달아 두는 것도 나쁘지 않지."

리타의 말을 듣고 단골손님들은 제각각 말하며 자리에서 일어섰다.

라티나는 단골손님^{그들}에게도 특별한 존재가 되고 있었다.

동구의 아이들에게 둘러싸여 라티나가 돌아온 것은 해가 지기까지 아직 시간이 있는 무렵이었다.

"리타!"

가게 문을 지나 웃는 얼굴이 된 라티나는 리타를 향해 달려오다가 퍼뜩 정신이 든 것처럼 멈춰 섰다.

"리타, 한눈판 거, 잘못했어요…… 케니스는?"

"걱정하고 있어. 가서 얼굴 보여 줘."

리타는 주방을 가리키며 말했다. 라티나가 신경 쓰여 일도 제대로 못 하는 남편의 모습에 솔직히 질려 버린 상태였다.

빠른 걸음으로 주방에 간 라티나가 얼굴을 내밀자 케니스는 들고 있던 냄비를 떨어뜨렸다. 덜커덩하는 요란한 소리가 주위에 울렸다.

"케니스, 라티나가 잘못했어요. ……한눈팔고, 약속 못 지켰어……."

시무룩한 모습으로 솔직하게 사과하니, 자신에게도 잘못이 있다는 것을 아는 케니스는 그녀를 꾸짖을 수 없었다.

그저 안도하면서 아이의 작은 머리를 쓰다듬었다.

"무사해서 다행이야."

케니스가 의기소침해 있는 라티나를 안아 들고 가게로 가니 거기 있던 아이들이 그를 올려다보았다. 평소라면 가게에 있을 리가 없는 존재를 보고 케니스도 살짝 놀랐다.

"뭐야?"

"이 아이들이 라티나를 여기까지 데려다줬어."

아이들 중에서 유일한 여자아이와 이야기 중이던 리타가 말했다.

"그건 답례를 해야겠네……."

"친구를 돕는 건 당연한 일이야!"

케니스의 중얼거림을 듣고 여자아이는 받아들일 수 없다는 듯이 소리쳤다. 라티나는 작게 고개를 갸웃거리고 있었다.

"그래? 라티나의 친구가 돼 줬구나. 오늘은 늦었으니까…… 다음에 느긋하게 라티나랑 같이 놀아 주렴."

리타는 평소에는 보여 주지 않는 다정한 미소를 지으면서, 케니스가 라티나의 간식용으로 만들어 두었던 쿠키 병을 열었다. 그리고 능숙하게 인원수대로 꾸러미를 만들었다.

"라티나를 데려다줘서 정말 고마워."

무릎을 굽혀 아이들에게 시선을 맞추고 감사의 말과 함께 쿠키를 건넸다. 어른인 리타가 정중하게 대하니, 아이들은 안절부절못하며 서로 시선을 교환했지만 아주 싫지는 않아 보였다.

클로에와 아이들이 집으로 돌아가는 모습을 라티나는 가게 입구에서 손을 흔들며 배웅했다.

세기의 시가 다가와 단골손님들이 『범고양이』에 돌아오자 라티나는 한 사람 한 사람에게 고개를 숙였다.

"걱정 끼쳐서 죄송해요……."

"아가씨가 무사하면 됐지 뭐."

"……찾아 줘서 고마워요."

웃으며 손을 흔든 단골손님에게 라티나는 다시 한 번 꾸벅 머리를 숙였다.

가게에 막 돌아왔을 때는 웃는 얼굴을 보여 주었던 라티나가, 지금은 그 등만 봐도 시무룩한 상태라는 것을 알 수 있었다.

가게 입구까지 왔다 갔다 오가기를 반복하다가 발밑을 보며 침울해했다.

사정을 아는 단골들뿐만 아니라 모르는 손님들도 평소와는 다른 라티나의 모습에 입을 다물고 술잔을 기울이고 있었다.

데일이 돌아온 것은 그런 타이밍이었다.

그는 땀투성이가 되어 숨을 헐떡이면서 가게 문을 열었다.

"리타! 그 뒤로 뭔가⋯⋯."

더 알게 된 것은 없느냐고 물으려다가, 그 장본인이 자신을 올려다보고 있다는 사실을 깨달았다.

"라티나!"

기뻐하며 이름을 부른 데일에게 보낸 그녀의 대답은 굵은 눈물방울이었다.

"⋯⋯?!"

당황해서 소리도 못 내고 무릎을 꿇은 데일을 향해 라티나는 계속해서 눈물을 흘렸다.

"라, 라티나?!"

"잘못⋯⋯ 잘못했어요⋯⋯, 잘못했어요⋯⋯ 약속, 지키지 않은 거, 잘못했어요⋯⋯!"

훌쩍이며 호소한 것은 사죄의 말이었다.

"데일, 라티나 나쁜 아이라, 화내?"

"화 안 내, 안 낼 테니까……아아아! 그저 걱정됐을 뿐이야!"

울면서 묻는 라티나의 질문을 듣고 데일은 세차게 고개를 휘저었으나 라티나는 계속해서 말했다. 아니라며 그녀도 고개를 저었다.

"혼내도 돼. 라티나가 잘못했으니까…… 하지만, 라티나, 무서, 무서웠어. 돌아오지 못 할까 봐, 무서웠어."

커다란 회색 눈망울에서 자꾸만 눈물이 흘러나왔다.

이 작은 아이가 우는 모습을 보는 것은 처음이라고, 데일에게 아주 약간 남아 있던 냉정한 부분이 중얼거렸다.

"이제, 외톨이 되는 거, 싫어, 데일. ……라티나, 혼나도 좋으니까, 데일이랑 같이 있고 싶어……!"

『춤추는 범고양이』까지 무사히 돌아온 뒤, 라티나는 자기 나름대로 여러 가지 생각한 모양이었다.

그러는 사이 미아가 됐을 당시의 불안과 초조를 떠올렸고, 그녀는 그 커다란 감정에 휘둘리고 말았으리라.

사과해야 한다는 신념을 일관하자 그녀는 그 불안감에 휩쓸려 버렸다.

—이런 생각은 나중에 냉정해진 데일의 추측이었다.

지금 현재 혼란의 극치에 있는 데일이 할 수 있는 것은 흐느껴 우는 라티나를 안아주는 일뿐이었다.

이제 우는 것이 우는 이유가 되어 버렸을 것이다.

라티나는 제대로 된 말도 없이 때때로 훌쩍이기만 했다.

한참을 내리 우는 라티나를 데일이 계속 달래는 공방은 그녀가 울다 지쳐서 결판이 났다.

기진맥진한 표정으로 선잠이 든 라티나를 끌어안고 있는 데일에게 주위 손님들은 짓궂은 미소를 보냈다.

후에 『오열 및 당황 사건』이라 칭해지는 이 가게의 새로운 안줏거리가 탄생한 순간이었다.

†

그날 이후로 라티나는 동구 아이들과 같이 놀게 되었다.

남구에 있는 이 가게는 바로 앞에 길이 있다는 점도 있어서, 모험가를 상대로 영업하는 다른 가게들보다 건전한 분위기였다. 그래도 아이들이 놀 만한 구획은 아니었다.

그런데도 최근 데일은 가게 주변에서 아이들의 모습을 보게 되었고 의문으로 여기고 있었다. 나중에 케니스와 리타, 라티나의 이야기를 듣고서야 이해했다.

동구 아이들은 마을 지리를 잘 모르는 라티나를 데리러 와서 함께 놀고 배웅까지 해 주고 있었다. 아이들도 남구의 이 근처 치안이 좋지만은 않다는 사실을 이해하고 있는지, 반드시 그룹으로 행동했다.

데일도 라티나를 가게 안에만 두는 것이 좋다고 여기지는 않았고, 자신들 같은 어른들만 만나는 상황을 걱정하고 있었다.

동구 아이들의 존재는 하늘에서 내려온 동아줄이었다.

"친구가 생겼다니 잘됐네, 라티나."

그래서 특별한 뜻 없이 그렇게 말했다.

"『친구』가 뭐야? 데일."

하지만 돌아온 것은 예상 밖의 대답이었다.

"어? 으음…… 라티나는 친구 없었어?"

"……?『친구』가 뭔지 잘 모르겠어. 클로에도 라티나를 친구라고 하는데 라티나는 몰라."

갸웃, 고개를 기울이는 라티나를 보고 데일은 「으으음……」 하고 신음했다.

가벼운 어조고, 라티나에게서 딱히 어두운 기운이 느껴지지 않는 점을 보면 그녀가 고향에서 심하게 박해받은 것은 아니겠다고 데일은 생각했다.

다만 그녀는 『외뿔』이었다. 『마인족』에게는 가장 모멸받는 대상이었을지도 모르는 존재였다.

어디에 지뢰가 있을지 짐작이 가지 않았다.

"……그러니까…… 라티나 너, 또래 아이랑 같이 놀거나 그런 적 없었어?"

"같이 놀아? 가족?"

"아니…… 가족 말고. 다른 집 아이랑 같이 논 적 없어?"

데일의 말에 라티나는 다시 고개를 갸웃했다.

"라티나…… 주변, 가족이랑 어른들뿐이었어."

그 말을 듣고, 『마인족』은 장수하며 출산율이 낮은 종족이란 것이 떠올랐다. 아이의 수 자체가 적을 것이다.

"으음…… 친구라는 건 가족이 아니면서 같이 놀거나, 얘기하는 사람을 말하는 거야. ……보통 나이는 비슷한 경우가 많으려나."

자신이나 리타, 케니스까지 친구라고 여기지 않도록 마지막 말을 덧붙였다.

"그런 사람 중에서 라티나를 좋아하게 된 녀석이라고 할까."

그렇게 단정 지을 수 없는 것이 세상일이지만, 이 순수한 아이는 그리 여기며 자라길 바랐다. 데일은 그렇게 생각했다.

"클로에, 라티나를 좋아해?"

"진짜 싫어하는 녀석과는 친구가 되고 싶다고 생각하지 않거든."

데일의 말을 한동안 생각하던 라티나는 부드럽게 웃었다.

"라티나도 클로에 좋아해. 클로에, 라티나를 친구라고 말해 줘서 기뻐."

"그래."

데일은 행복하게 웃는 라티나의 머리를 쓰다듬으면서 살짝 고민했다.

조금 전 그녀가 했던 말의 의미를 물어야 할까.

말을 골라서 입에 담았다.

"……라티나, 네 주변에는 어떤 사람들이 있었어?"

"라티나 몰라. 어떤 식으로 말해야 해?"

눈 딱 감고 물어본 말을 질문으로 돌려받고 데일은 자신의 실책을 깨달았다.

라티나에게는 근본적으로 『설명하기 위한 어구』가 부족했다.

"어…… 가족. ……형제는 있었어?"

"형제?"

"같은 부모에게서 태어난 가족인데…… 자기보다 나이가 많은 남자가 오빠, 여자가 언니. 자기보다 어린 사람은 동생이야. 그런 걸 합쳐서 형제라고 해."

"……라티나, 오빠나 언니, 동생 없어. 형제 없어."

데일의 설명을 듣고서 라티나는 그렇게 대답했다.

"주변에 있던 어른들은 어떤 사람이었어?"

"몰라. 라티나, 별로 다른 사람이랑 안 만났고, 얘기도 안 했어. 가족이랑 같이 있을 때가 많았어."

그렇게 대답하는 라티나의 얼굴은 살짝 가라앉아 있었다. 이쯤에서 물러나는 편이 좋을까.

그녀에게는 즐거운 기억이 아닐 것이다.

데일이 그렇게 판단하고 얘기를 끝내려 했을 때.

"그래서 지금, 데일이랑 많이 같이 있을 수 있어서, 라티나 기뻐."

살짝 쑥스러운 얼굴로 이 어린아이가 꺼낸 말은 통한의 일격이었다.

방긋, 데일을 향해 웃는 얼굴은 라티나가 아주 좋아하는 달콤한 디저트를 먹을 때와 필적하는 미소였다.

"라티나, 클로에 좋지만, 데일, 훨씬 더 좋아."

"나도 정말 좋아해, 라티나! 너는 정말 사랑스러워!"

와락 껴안고 데일이 말하자 라티나는 정말로 기쁘다는 표정을 지었다.

'이게 얘기를 흐지부지 얼버무리려는 계산에서 나온 말이라면 장래가 두렵지만! ……라티나 같은 악녀라면 속아 넘어가더라도 어쩔수 없지!'

데일은 그런 생각을 하고 말았으나 그건 그것대로 아주 행복한 것일지도 몰랐다.

4. 청년, 집을 비우다. 그 전말.

"라티나가 너무 예뻐서 일하러 가기 싫어."

"또 바보 같은 소리야?"

데일이 매우 진지한 표정으로 꺼낸 말은 평소 늘 하던 대사였기에 리타 역시 평소처럼 대충 되돌려 주었다.

"싫어어어어어어어어어!! 당일치기로 돌아올 수도 없고, 며칠을 묵게 될지 예측할 수도 없고! 라티나랑 떨어져서 그런 비리 집단의 망할 영감탱이들을 상대하면 난 뭘로 치유받아야 하는데!!"

카운터에 엎드려서 주먹을 쾅쾅 내리쳤다. 발까지 동동 구르는 모습은 그야말로 떼쓰는 어린아이였다. 그만큼 그에게는 스트레스와 직결되는 상황일 것이다.

"그럼 그냥 라티나도 왕도에 데려가든지."

"그건 안 돼. 라티나를 그런 녀석들에게 맡기면 무슨 짓을 당할지…… 안 좋은 예상밖에 안 떠올라."

순간 본래 모습으로 돌아온 데일은 그 후 고개를 푹 숙였다.

"알고 있어…… **일**이니까 어쩔 수 없지. 라티나가 기다리고 있다고 생각하면 지금까지보다 훨씬 의욕도 생겨. ……라티나도 친구가 생긴 것 같으니까 내가 없는 동안에도 덜 쓸쓸할 거고. ……그러니까 알고 있다고!"

주먹을 꽉 움켜쥐었다. 그 주먹에 담긴 감정이 크다는 것을 보여 주듯이 관절이 하얗게 드러났다.

"그래도 싫은 건 싫어!!"

아, 역시 이 녀석 글러 먹었네.

단호히 선언한 데일을 향해 리타는 구제할 길이 없는 무언가를 보는 눈길을 보냈다.

"어쩔 수 없다는 걸 알고 있으면 왕도에서 라티나가 좋아할 만한 선물이라도 사 와."

눈이 번쩍 뜨인다는 것이 바로 이런 상태인가 싶은 얼굴로 데일이 리타를 보았다.

"옷 같은 건 사이즈 문제도 있고 금방 못 입게 될 테니까 사 오지 말고. ……그렇지, 그 애 달콤한 걸 아주 좋아하니까 왕도에서 유명한 가게를 조사해 보는 건 어때?"

"선물…… 선물이라…….."

그는 일 때문에 빈번히 왕도에 드나들었다. 그래서 그에게는 『선물을 사 온다』는 발상이 없었다. 가끔 케니스에게 부탁받아 크로이츠에서는 입수하기 어려운 물건을 대신 구매해 오는 정도였다.

왕도에서 최근 인기인 디저트를 보고 활짝 웃는 라티나. 사랑스러운 목소리로 고맙다고 말해 줄 것이 틀림없다. 확실하다. 확정된 일이었다. 「데일, 너무 좋아.」라는 말도 덧붙여 줄지도 모른다. 어쩌지. 너무 귀엽다. 그것만으로도 살아갈 수 있을 듯한 기분이 들었다.

"나, 힘낼 수 있을 것 같아."

"아, 응. 그래, 그래."

리타는 이미 일로 돌아가 있어서 데일에게는 시선도 주지 않았다.

데일이 일 때문에 왕도로 가는 날 아침, 라티나는 배웅하기 위해 일찍 일어났다. 아직 아침 해가 희미하게 비치는 정도로 평소 기상 시간보다 상당히 일렀다.

"무리하지 말고 자도 괜찮아."

데일의 말을 듣고 도리질하며 라티나는 느릿느릿 이불에서 기어 나왔다.

그러나 상당히 졸려 보였다. 아래층으로 내려가려는 모습은 매우 위태로웠다. 그들이 지내는 다락방에서 밑으로 내려가는 수단은 사다리였기에 더욱 그러했다.

데일은 쓰게 웃으면서 라티나를 안아 올렸다.

처음 만난 뒤로 그다지 많은 시간이 지나지는 않았으나, 확실히 무게가 늘어난 몸을 느끼고 안도했다.

꾸벅꾸벅 잠에 빠지려다가 기합으로 다시 일어나는 것을 반복하고 있는 라티나는 지금도 반쯤 꿈나라였다.

"미안해, 라티나…… 당분간 집을 비우겠지만 잘 있을 수 있지?"

데일의 손바닥 감촉을 느끼고 눈을 뜬 그녀는 아주 진지한 얼굴로 결의를 나타내며 응답했다.

"할 수 있어. 라티나, 리타랑 케니스 옆에 있을 거야. 그러니까 꼭 돌아와야 해?"

"그래. 선물도 사 올 테니까. ……집 잘 보고 있어야 한다?"

마지막으로 꼭 끌어안고 라티나를 놓았다. 그리고 가게 입구까지 나와 준 케니스에게 라티나를 맡겼다.

"라티나를 잘 부탁해."

"그래. 너도 무리는 하지 마."

"라티나가 기다리고 있으니까 무리는 못 해."

그렇게 웃으며 대답하는 데일의 모습은 **지금까지**는 볼 수 없었던 것이었다.

"그럼 다녀올게."

"데일, 다녀오세요. 일, 조심해."

─그래. 나. 열심히 할 수 있을 것 같아.

라티나의 그 한마디를 되새기면서 그는 크로이츠를 떠났다.

†

크로이츠에서 라반드국의 수도 아오스브리크까지는 말을 타면 사흘, 마차로 가면 일주일이 걸리는 거리였다. 가도는 잘 정비되어 있어서 많은 상인과 여행자가 오가는, 국내에서도 손꼽히는 유통의 대동맥이었다.

하지만 데일이 향한 곳은 가도에서 벗어난 교외의 숲 쪽이었다.

크로이츠 교외. 탁 트인 초원이 펼쳐진 그곳에 거대한 생물이 날개를 접고 쉬고 있었다.

비룡이었다. 마수의 일종으로 인식되고 있는 용족 중에서도 비행에 특화된 능력을 지닌 이 생물은 용 중에서는 꽤 소형으로 분류된다. 그런 비룡 중에서도 지금 이곳에 있는 개체는 작은 편일 것이다. 멀리서도 알 수 있는 심홍색 장비를 달고 있는 점을 보면 라반드국에 소속되어 있다는 것은 분명했다.

그 옆에서 한 청년이 긴장한 모습으로 이리저리 불안하게 맴도는 모습이 보였다.

청년의 옷에도 비룡과 마찬가지로 심홍색이 들어가 있었다. 그 제복 위에 간단한 칠흑색 갑옷을 걸친 차림은, 드문 마력 속성인 『중앙』 속성을 이용해 비룡을 사역하는 『용기병(竜騎兵)』임을 나타내는 것이었다.

"우와아…… 어쩌지, 티티. 엄청 까다로운 사람이래……."

청년은 옆에 있는 파트너에게 푸념을 늘어놓았다.

뀨우? 하고 운 티티라 불린 비룡은 온화한 성격을 지닌 암컷 개체였다. 거친 일과는 맞지 않는 성격이었기에 그들의 주된 임무는 물자나 사람의 수송이었다.

비룡은 야간 비행에는 적합하지 않았다. 그들은 이 자리에서 하룻밤을 보내고 현재는 왕도로 보낼 인물을 기다리는 중이었다.

"공작님과 계약하고 있는 모험가라는 것 같은데. ……내 전임자는 그의 기분을 상하게 해서 변경으로 좌천됐다고 하고…… 모처럼 왕도에서 근무하며 높은 급료를 받게 됐는데…… 우으으…… 괜찮으려나……."

그의 이번 임무는 그 모험가를 왕도에 데려다주는 것이었다.

그 모험가는 아직 젊은 나이임에도 여러 공적을 올리고 있었다. 라반드국의 재상으로서 국왕의 오른팔을 맡고 있는 공작 각하로부터의 신임도 두터워서 발언권 역시 상당했다.

그의 입장은 어디까지나 공작이 키운 모험가였지만, 그의 심기를 건드리면 즉시 공작에게도 사태가 전해진다고 한다. 보통은 일개 모험가 따위의 말을 나라에서도 손꼽히는 권력자가 들어주는 일은 없으나 그는 특별하다는 모양이었다.

전임 『용기병』은 그 모험가를 젊다고 깔보며 무시했다고 한다. 그 행위가 역린을 건드렸고, 결국에는 공작의 명으로 변경 지방에 보내졌다는 소문이 파다했다.

크로이츠에 사는 그를 위해 공작이 일부러 비룡을 파견할 정도였다. 이것만 봐도 얼마나 우대하는지 알 수 있었다.

"……! 티티, 왔어!"

주인을 아끼는 『그녀』는 「뀨이.」 하고 맞장구쳐 주었다.

아침 해가 비치는 풍경 속에서 검은 가죽 롱 코트 차림의 청년이 걸어왔다.

왼팔에서 무디게 반짝이는 금속은 마도구인 비갑일 것이다. 허리에는 롱 소드를 차고 있었다. 들었던 모습 그대로였다.

아직 젊은 용기병은 자세를 바로 하고 그를 맞이했다.

이 모험가 청년은 그의 파트너인 비룡_{티티}조차 단칼에 베어 버릴 수 있는 실력자였다.

그다지 호전적이지는 않지만 그래도 용족이었다. 『평범한』 모험가라면 팀을 짜서 맞서는 것이 정석인데.

"에르디슈테트 공작 각하의 명을 받고 모시러 왔습니다!"

"그래. 데일 레키다."

낮고 조용한 목소리로 대답한 청년은 침착한 표정으로 용기병과 그 파트너를 보았다. 자신보다 어려 보이지만 자신은 도저히 넘볼 수 없는 존재감에 용기병 청년은 침을 꼴깍 삼켰다.

"이쪽으로 오시죠."

비룡^{티티}의 등에 얹은 안장으로 그를 유도하고, 그가 들고 있던 짐을 받아서 단단히 고정했다.

비룡의 안장은 말 따위와는 비교도 안 될 만큼 훨씬 높은 위치에 있지만 그는 자세를 무너뜨리는 일도 없이 가뿐히 올라탔다. 벨트를 매며 준비하는 모습도 익숙했다.

용기병인 그도 서둘러 자신의 안장으로 가서 고삐를 잡았다.

이 고삐는 용기병의 마력이 쉽게 전달되는 특수한 소재로 만들어져 있었다. 고삐를 쥐어서 비룡에게 세세한 지시를 내릴 수 있고, 마찬가지로 비룡의 생각도 고삐를 통해 용기병에게 전해진다. 용기병에게는 가장 중요하며 귀중한 장비였다.

"간다, 티티."

짧게 말을 걸고 마력을 전했다. 비룡은 그 지시에 따라 날개를 펼치더니 「크르르르르.」하고 독특한 울음소리를 내며 주위로 바람의 마력을 모았다.

하늘의 종족 특성을 지닌 용족이며 바람의 마력을 몸에 두른 비룡은, 날갯짓 한 번에 그 거대한 몸을 공중으로 띄웠다.

두 번째 날갯짓으로 하늘 높이 날아올랐고, 세 번째에는 왕도가 있는 방향으로 이동을 개시했다.

비룡의 속도라면 왕도까지 가는 여정도 반나절 정도밖에 안 걸렸다.

이것이 용기병에 적성이 있는 사람이 높은 급료를 받으며 일할 수 있는 이유였다. 비행할 수 있는 이동 수단은 상당히 한정되어 있었다. 마법으로 보완하는 것은 일단 불가능하며, 하늘의 종족 특성을 지닌 존재만이 누릴 수 있는 특권이었다.

이 때문에 군사적인 의미에서도 일부 기술은 엄격하게 관리되었다. 비룡의 경우, 고삐 같은 전문 도구의 관리 방법이나 사육법은 국가 등의 커다란 권력이 쥐고 있었다. 개인적으로 용을 타는 사람은 존재하지 않았다. 비룡을 타려면 나라에 소속되어 일하는 것 외에는 선택지가 없었다.

'우으으…… 불편해…….'

뀨이? 하고 비룡이 울었다. 평소와는 다른 용기병의 모습을 걱정해 주고 있는 모양이었다.

비룡의 등 위는 바람 마력이 소용돌이치는 주위와는 딴판으로 매우 고요했다. 태풍의 눈 같은 느낌이었다.

하지만 그 고요함이 지금은 원망스러웠다.

산들바람 수준의 바람이 땀으로 젖은 이마에 기분 좋게 닿았다.

'이대로…… 계속 말없이 갈 수 있을까…… 하지만 불편한데…….'

앞으로 반나절 가까이 이 무언의 압력을 견딜 자신은 없었다. 등 뒤로 느껴지는 그의 기척에 괜스레 목이 말랐다.

용기병은 자신의 안장 밑으로 손을 넣어 목적한 물건을 꺼냈다. 늘 하던 행동이었기에 한 손으로 솜씨 좋게 내용물을 하나 꺼내 입에 넣는 움직임은 자연스러웠다.

그대로 용기를 뒤로 내민 것도 깊은 뜻이 담긴 행동은 아니었다.

깊이 의미를 생각할 수 있을 만큼 지금 용기병의 머리는 돌아가고 있지 않았다.

"괜찮다면 드시겠어요?"

"……알사탕?"

그의 낮은 목소리를 듣고 그대로 몸이 경직됐다.

'다 끝났어어어어어어어!!'

『데일 레키』를 상대할 때 가장 해서는 안 되는 행동은 「나이를 이유로 깔보는 것」이었다.

용기병은 어색하게 굳은 미소를 지으며 — 자신이 등을 돌리고 있어서 상대에게 그 얼굴이 안 보인다는 것도 깨닫지 못하고 — 이 상황을 호전시키고자 말을 거듭했다.

"지금, 왕도에서 화제인 상품이랍니다! 색에 따라 전부 맛이 달라요. 게다가 보세요, 이제껏 존재했던 어떤 사탕보다도 색깔이 다양하고 선명해요! 보석처럼 예쁘다면서 서민부터 귀족한테까지 인기를 얻고 있는 상품이거든요!"

손에서 병이 사라졌다.

일단 관심은 끈 모양이었다. 용기병은 지금이 승부처라며 잇달아 말했다.

"그 병도 세공이 꽤 정교하죠? 마개까지 세세하게 디자인되어 있어요. 그래서 여자나 아이들 사이에서는 빈 병을 액세서리 통으로 쓰는 게 살짝 유행하는 모양이더라고요! 크기도 대·중·소로 각종 사이즈가 갖춰져 있어서 격식을 차린 사례용부터 가벼운 선물용까지, 예산과 용도에 맞춰 다양한 손님들의 수요를 만족시킬 수 있게 되어 있답니다!"

필사적이 된 나머지 사탕 가게 판매원 같은 말을 늘어놓고 있는 용기병이 지금 뒤를 돌아보았다면 무엇을 보았을까.

'그리고 보니 라티나에게 아직 사탕은 사 준 적이 없네. 볼을 부풀리고 입안에서 사탕을 굴리며 놀겠지? 색깔도 예쁘고, 여자애들은 좋아할 것 같아. 라티나, 머리 장식을 살 때도 역시 반짝반짝한 물건에 시선이 갔었고. 작아도 여자애란 말이야. 역시 좋아하겠지. 아, 그러고 보니 라티나 친구 중에도 여자애가 있었는데. 그 애 것도 사야 하려나. 친구끼리 똑같은 물건을 갖게 되면 라티나가 좋아하지 않을까?! 그리고……'

적어도 왕도까지 가는 동안 데일을 상대로 과하게 긴장할 필요가 없다는 사실을 깨달았을 것이다.

용기병은 예전의 데일이었다면 틀림없이 지뢰였을 부분을 밟고 말았지만, 정작 지금 그 지뢰는 장본인에게 생각할 가치도 없는 사소한 것이었다.

그런 생각을 할 공간이 현재 데일의 머릿속에는 없었다.

작은 라티나가 본인도 모르는 곳에서 앞길 창창한 한 청년의 미래를 구했다는 사실을 아는 사람은 아무도 없었다.

†

라반드국 수도 아오스브리크에 도착하자 비룡은 고도를 낮췄다. 용기병은 지상에 있는 병사와 마도구의 빛으로 교신한 뒤 전용 시설로 비룡을 내렸다.

아무 준비도 없이 왕도에 접근하면 격추되기 때문에 정해진 절차를 밟을 필요가 있었다.

데일은 지상에 내려서자 비룡이나 병사에게는 눈길도 주지 않고, 언제나처럼 기다리고 있던 마차로 다가갔다. 마부도 굳이 누구냐며 확인하는 일 없이 문을 열어 그를 맞이했다.

화려하지는 않아도 품질 좋고 비싸 보이는 마차에 내걸려 있는 문장이 어느 가문의 것인지 모르는 사람은 이 왕도에 없었다.

에르디슈테트 공작가는 건국왕의 후손으로, 라반드국에서도 손꼽히는 유서 깊은 집안이었다. 하지만 신분이 높다며 오만하게 굴지 않고, 계속해서 능력 있는 자를 배출하는 것으로 유명했다. 현재 재상도 현 공작 각하였다.

왕에 버금가는 권력을 가지고 있다고 해도 과언이 아니었다. 그 국왕과 공작이 서로 눈치를 살피는 것이 아니라 함께 정치를 해 나가고 있기에, 이 나라는 강대하며 흔들림 없이 그 존재를 떨칠 수 있었다.

귀족의 저택이 늘어선 구역. 모든 건물이 마치 성처럼 호사스러운 건축물 중에서도 확연하게 격이 다른 집이 있었다. 광대한 부지에 지어진 그것은 아름다움과 동시에 실용성과 견고함까지 겸비한 저택이었다. 이곳이 바로 에르디슈테트 가문의 성이었다.

데일이 탄 마차는 막힘없이 그 부지로 들어갔다. 그대로 현관 앞에 미끄러지듯이 정차하자, 마치 그가 도착할 타이밍을 알고 있었던 것처럼 기다리고 있던 하인들이 문을 열고 그를 맞이했다.

마차에서 내리는 데일의 표정은 견고했다.

잔잔하게 가라앉은 고요한 표정은 보는 이들에게 그가 실력 있는 일류 모험가라는 인상을 주었다.

그 저택의 한 방에서.

"오랜만이네, 그레고르. 네 약혼자분 좀 소개해 주지 않을래?"

"흠. 알겠어, 데일. 베어 버려도 될까?"

그런 유감스러운 대화를 나눌 때쯤에는 아까의 그 멋있던 분위기도 다 날아간 뒤였지만.

그들이 있는 곳은 그레고르의 개인 방이었다. 방 주인의 성격을 나타내는 것처럼 고급스러움이 느껴지는 가구는 일류들뿐이었으나, 결코 화려하지는 않은 인테리어로 통일되어 있었다.

그레고르는 공작의 막내아들로 삼남이었다. 하지만 그의 모친은 공작의 후처인지라 다른 형제자매들과는 어머니가 달랐다. 그 모친이 동쪽 변방 국가 출신의 외국인이라는 점도 있어서 국내의 지지 기반도 약했다.

나이 차이가 나는 형인 장남은 이미 결혼해서 아이도 있었다. 그레고르는 그런 현재 상황을 고려하여 공작가의 후계자가 될 가능성은 일찍이 포기한 상태였다.

외가 쪽 피를 짙게 물려받아 얼굴에서 이국적 분위기를 강하게 풍기는 그레고르는 검은 생머리를 뒤로 묶은, 날카롭고 빈틈없는 외모의 청년이었다. 데일보다 머리 반절쯤 키가 더 컸는데 오늘은 드물게도 그 늘씬한 몸을 귀족다운 고급스러운 옷으로 감싸고 있었다.

변방 국가의 검술을 연마하고 그의 나라에서 연구도 거듭한 그레고르는 그 실력을 살려 장래에 모험가가 되는 길도 시야에 담아 두고 있었다. 귀족이라는 지위를 고집하지 않는 그는 무리하게 다른 집안에 들어갈 필요성도 느끼지 못했다.

일개 모험가인 데일과 친하게 지내는 것도 그런 사정 때문이었다. 그들이 동갑이며, 자신 있는 분야는 달라도 실력은 서로 인정하고 있다는 점도 큰 이유일 것이다.

"무엇보다 로제는 내 약혼자가 아니야."

"선물 말인데…… 어린 여자애가 좋아할 만한 것 좀 골라 줘. 너야 약혼자분 말고는 알고 지내는 젊은 여자도 없을 거 아니야?"

"좋아, 거기 앉아. 최소한 단칼에 매장시켜 주지."

데일이 『약혼자』라고 비유하는 사람은 정식으로 약속한 사이가 아니라 그레고르와 어렸을 때부터 서로 호감을 갖고 있는 소녀였다.

정식으로 약혼하기에는 문제가 많다고 한다. 그녀는 절세미인으로 유명하지만 아직까지 정략결혼으로 이용되지도 않았고, 사교 모임에도 좀처럼 나오지 않으며 저택이나 영지에서 조용히 지내고 있다는 점을 봐도 알 수 있었다.

그레고르가 귀족이라는 입장을 완전히 버릴 수 없는 이유 중 하나라는 것만은 틀림없다.

"어떤 선물이 좋을까?"

"선물이라니…… 이제 막 도착해 놓고 벌써 돌아갈 궁리야?"

"돌아가도 된다면 지금 당장 돌아갈래."

"어린 여자애는 또 뭐고? 네가 방을 빌리고 있다는 곳에 아이라도 태어났어?"

"아니, 우리 딸내미."

그레고르가 굳었으나 데일은 전혀 알아채지 못했다. 그의 의식은 미소 짓는 라티나의 환영에 점령당해 있었다.

"애가 진짜 착하고, 예쁘고, 예쁘고, 너무할 정도로 예쁘거든. 진짜 아~주 기특해서 지금도 집에서 날 기다려 주고 있어. 조심하라면서 그 작은 손을 흔들어 줬다고. 떠올린 것만으로도 나눈물

날 것 같아. ……아아…… 얼른 돌아가고 싶다. 혼자 외로워하고 있지는 않을까? 울고 있으면 어쩌지? ……게다가 지금 한창 자랄 때니까 말이야. 매일 이것저것 새로 배우는데, 내가 없는 사이에 할 수 있는 일이 늘어났으려나. 어쩌지, 라티나의 성장을 놓쳐 버리다니 이건 완전 고문이라고. 응, 돌아가자. 당장 돌아가자. 야, 그레고르. 이번 일은 뭐야? 지금 당장 출발하자. 그리고 냉큼 섬멸하면 집에 가도 되지?"

"대체 무슨 일이 있었던 거야."

그레고르의 반응은 옳았다. 지극히 당연한 리액션이었다.

저번에 만났을 때 데일은 『이런 놈』이 아니었다. 대체 뭐가 어떻게 돼야 이런 유감스러운 모습으로 변하는 것일까.

게다가 지금까지 이야기에 코빼기도 비치지 않았던 어린아이가 그 원인인 모양이었다.

어디서 솟아난 아이일까.

그리고 대체 어떻게 된 것이냐고, 경솔하게도 말해 버린 그레고르는 그 즉시 친구가 희희낙락대며 시작한 이야기를 멈추게 할 기회를 놓치고 말았다. 어떤 것이 올바른 대응인지 짐작도 가지 않았다. 곤혹스럽기만 했다. 그리고 이 『우리 딸』 자랑은 언제 끝나는 것일까.

"외뿔 마인족 아이를 맡았다고……? 네가?"

라티나를 맡게 된 경위를 듣는 동안, 이야기가 현재 상황에 이르기까지 「예쁘다」는 말을 몇 번이나 들었는지 모르겠다. 이미 그레고르는 그 단어를 흘려듣는 것이 현명한 일이라고 깨달은 상태였다.

그레고르는 생각지도 못했던 내용의 이야기를 듣고 어안이 벙벙해져 있었지만, 데일에게는 듣는 사람의 반응 따윈 상관없는 모양이었다. 현재 그에게는 라티나의 사랑스러움을 마음껏 설파하는 것이야말로 가장 중요한 사항이었다.

"너한테도 보여 주고 싶긴 한데…… 하지만 라티나의 사랑스러움이 알려져 버려서 왕가 녀석들이 눈독 들이는 꼴은 못 보지. 응. 기각이다, 기각. 보고 싶으면 네 쪽에서 만나러 와. 고려해 주지."

크게 선심 쓴다는 태도였다.

그리고 예뻐서 어쩔 줄 모르겠다는 얼굴이었다. 「누구냐, 너.」라고 내심 중얼거린 그레고르를 그 누가 탓할 수 있을까.

"『초록 신의 전언판』으로 조사해 봤는데 라티나와 일치하는 정보는 없었어. 마인족은 자기들끼리 모여 살면서 외부와는 그다지 교류를 안 하니까 그런 곳 출신이거나…… 찾을 사람이 없는 천애 고아일 가능성이 크겠지."

"뭐, 마인족은 그 문화도 거의 알려지지 않았으니까."

"부모의 시신 주변에도 신원을 알 수 있는 물건은 없었던지라 고향을 찾는 것도 불가능해. ……외뿔이지만 그렇게 어린 아이가 『죄인』이라니, 본인이 어떻게 할 수 없는 이유겠지. 다른 종족인 내가 라티나를 멀리할 이유는 되지 않아."

그 논리는 이해가 갔다.

이해할 수 없는 것은 데일의 변모였다. 그 마인족 소녀가 얼마나 그의 심금을 울렸기에 이렇게 됐을까.

"마인족이라고 전부 적대 관계인 건 아니야. 내가 라티나랑 같이 살아도 문제는 없을 거야."

"문제라…… 굳이 따지자면 네가 『동족』을 도륙할 때가 있다는 걸 그 애가 알게 되는 거 아닐까?"

그레고르의 조용한 목소리를 듣고 데일은 한동안 침묵했다.

"……일의 내용에 따라서는 『인간족』도 베. 마인족만 그런 게 아니야."

"뭐, 그렇지."

생업으로 검을 쥔다는 것은 그런 뜻이었다. 사람에게 해악이 되는 것은 마수만이 아니다. 『인간족』 국가가 『타 종족』과 적대하는 일도 드물지 않았다.

그리고 무엇보다 『마인족』은 『마왕』과 관계가 깊었다.

세계에 일곱 존재하는 『마왕』은 『첫째 마왕』, 『둘째 마왕』 하는 식으로 각자에게 서수가 붙어 있었다.

그 능력도 존재 방식도 각기 다르지만 공통된 사항도 있다.

『마왕』은 『마인족』과 마찬가지로 뿔을 가지고 있었다.

또한 『마왕』은 권속으로 『마족』을 거느렸다.

태어날 때부터 『마족』인 존재는 없다. 『마족』은 『마왕』의 권속이 됨으로써 선천적인 능력을 아득히 뛰어넘은 힘을 얻은 자들이었

133

다. 그것은 『사람』에 한정되지 않았으며, 개중에는 짐승의 일종으로 꼽히면서도 높은 지성을 지닌 『환수』라 불리는 것조차 포함되어 있었다.

그 『마족』 중에서 『마인족』이 차지하는 비율은 매우 높았다.

이것이 『마왕』을 가리켜 『마인족의 왕』이라 칭하는 이유였다.

"『일곱째 마왕』의 부하로 보이는 게 확인됐어."

"마족이야? 아니면 단순한 하수인?"

마족인가 아닌가로 그 존재의 능력은 크게 차이가 났다. 모습은 똑같더라도 마족 여부에 따라 위협이 될지 안 될지 나뉠 만큼 비교조차 되지 않는 차이였다.

"아직 확실치는 않아. 그래서 네가 불려 온 거겠지."

그레고르는 그렇게 말하고 데일과 시선을 맞췄다.

"나도 같이 갈 거야."

"너라면 괜찮겠지……."

등을 맡겨도 좋다고 여길 정도로는 서로의 실력을 신뢰하고 있었다.

데일은 한숨 섞인 목소리로 그렇게 대답한 뒤 몸을 일으켰다. 슬슬 공작 각하와 대면할 시간이었다. 평상시처럼 코트 차림으로 만나기에는 체면이 서지 않는다. 나름대로 복장을 정돈할 필요가 있었다.

왕궁 집무실에 있는 공작에게 가기 전에 공작가에 들른 것은 이 때문이었다. 친구와 잡담하기 위해서가 아니었다.

"아무튼 아버지 앞에서는 좀 더 반듯하게 행동해."

"알고 있어."

손을 휘휘 젓고 데일은 자신에게 주어진 방으로 향했다.

에르디슈테트 공작가의 문장이 들어간 마차에서 내린 청년은 검은색을 기조로 한 옷을 입고 있었다.

귀족에게는 없는 야생적인 분위기를 풍기고 있는 그 청년에게서는 나이에 어울리지 않는 역전의 용사로서의 풍모조차 느껴졌다.

왕궁 위병들은 그가 누구인지를 알아채자 등을 곧게 폈다.

가볍게 인사하고 안내에 나선 병사에게 한 번 힐긋 준 눈길도, 잔잔하게 가라앉은 냉정한 것이었다.

거칠고 냉혹하며 마법에도 검술에도 뛰어난 일류 전사. 계속해서 위업을 이룩하고 있는, 차후 전설이 될지도 모르는 젊은 영웅 후보.

그렇게 일컬어지고 있을 정도니 그 인상은 과장이 아닐 것이다.

병사들이 보내는 선망과 닮은 시선을 느끼면서, 그레고르는 옆에 있는 『평소와 같은』 데일의 모습을 보았다. 안도했다고 해야 할지 말아야 할지 복잡한 심경이었다.

그렇다, 이것이 **평상시**의 데일 레키라는 남자였다.

친한 인간에게는 서글서글하고 온화한 얼굴을 보여 주지만, 전장에서의 그는 적대자를 용서치 않는 냉철한 전사였다.

아직 젊은 데일이 철저히 일하기 위해서는 그럴 수밖에 없었다고도 할 수 있었다. 자신의 감정을 죽이고 눈앞의 상황에 냉정히 대처해 가는 것이 최선이었다.

등을 곧게 편 채 왕궁을 걷는 데일은 그 전사의 얼굴을 보여 주고 있었다.

그에게는 왕궁 또한 전장이니까.

^{이곳}

✝

한편 데일이 왕도로 간 지 며칠이 지났을 무렵, 크로이츠에서는.

라티나가 알기 쉬울 정도로 시무룩해 있었다.

기운이 없었다. 아니, 등에 애수라는 글자를 써 붙인 상태라고 해야 할까. 『쓸쓸하다』는 마음을 온몸으로 호소하고 있는 것 같았다.

"라티나…… 괜찮아?"

어떻게 봐도 괜찮은 모습이 아니었다. 그래도 달리 할 말을 찾을 수 없었다.

"라티나…… 괜찮아. ……집 보는 거니까."

평소처럼 일하는 케니스 옆에 조용히 앉은 라티나는 사그라질 듯한 목소리로 그렇게 대답했다.

이 아이는 항상 이랬다.

표정이나 온몸으로 그렇지 않다고 호소하고 있는데, 돌려주는 말은 어른을 배려하는 모범생의 대답이었다.

케니스는 한숨을 쉬고 라티나를 보았다.

"……그래, 맞아. 잠시 집을 보는 거야. 데일은 분명히 돌아올 거야. 라티나가 기다리고 있으니까 말이지."

라티나가 케니스를 올려다보고 살짝 고개를 갸웃했다.

케니스는 웃어 보였다. 여기서 어른인 자신까지 어두운 얼굴을 하면 라티나가 불안해할 뿐이다.

"라티나가 오기 전까지, 데일에게 이곳은 그저 짐을 맡기고 거점으로 쓰고 있을 뿐인 장소였어. 그게 지금은 『돌아올 장소』가 됐지."

케니스는 데일을 잘 알고 있었다.

고향을 막 떠나 아직 소년이라고 해도 좋을 데일에게 모험가의 기초를 가르친 사람은 케니스였다. 자신의 파티에 받아들이고 여행 방법부터 의뢰를 받는 법, 마수를 대하는 법까지 아낌없이 여러 기술을 전수했다.

고향 밖이라는, 누구 한 사람 아는 이 없는 세계에서 친형같이 의지할 수 있는 상대가 있다는 것이 얼마나 든든한지, 모험가 선배인 케니스는 알고 있었다.

"데일 녀석, 언제나 라티나에게 『다녀왔어.』라고 말하잖아. 그게 증거야."

"데일, 라티나한테 항상 『다녀왔어.』라고 하는걸?"

"그렇지. 하지만 라티나가 오기 전에는 아니었어. 라티나는 그 녀석에게 특별해."

데일은 케니스의 존재를 잠시 쉴 수 있는 나무 정도로는 여겨 주고 있을 것이다. 그래도 『돌아올 장소』의 귀중함에는 비할 수 없었다.

이 어린아이는 자신의 친동생 같은 데일에게 그런 귀중한 존재였다. 그가 집을 비운 사이 형 된 자신이 지켜야 할 만한 이유가 있는 존재였다.

"라티나, 데일에게 특별해?"

"그래."

라티나의 표정이 일그러졌다. 눈물을 참는 것처럼 무릎 위 치마를 꽉 움켜쥐었다.

"케니스……."

"왜?"

"라티나, 계속 데일 옆에 있어도 되는 걸까……."

"……라티나가 없어지면 데일……반미치광이가 돼서 찾아다닐 걸……?"

"반미치광이?"

"……너무 걱정돼서 필사적이 된다는 말이야."

모르는 단어가 나와서 고개를 갸웃한 뒤, 라티나는 다시 말을 찾았다.

"라티나…… 태어난 곳, 라티나 나쁜 아이라 쫓겨났어. ……내쫓긴 건 라티나만이었는데 **라그**, 라티나랑 같이 있어 줘서 죽어 버렸어."

케니스는 아무렇지도 않은 얼굴로 작업을 계속하며, 자신이 숨을 삼켰다는 사실을 라티나가 알아채지 못하도록 노력했다.

역시 이 아이는 자신이 고향에서 『추방』당했다는 것을 이해하고 있었다.

"『라그』는 누구야?"

"라티나의 남자 부모님. ……병에 걸렸었는데 라티나랑 같이 있어 줬어. ……라티나는 나쁜 아이가 아니라고 말해 준 건 가족뿐이었어. ……라그, 죽어 버렸으니까 역시 라티나는 나쁜 아이였구나 싶었어."

라티나는 그렇게 말하고 다시 밑을 보았다.

"데일, 처음이었어. 라티나를 착한 아이라고…… 가족 아닌데 말해 준 거…… 데일이 처음이었어."

그리고 작은 목소리로 소중한 비밀을 알려 주는 것처럼 말을 이었다.

"데일, 라티나에게 특별해."

"……그래."

괜찮은 말 한마디 떠올리지 못하는 자신은 얼마나 무력한 어른인가. 케니스는 그렇게 생각했다.

이 아이는 저 작은 몸 안에 얼마나 많은 것을 담고 있을까.

"라티나는 왜 데일에게 네 얘기를 안 해 줘?"

예전에 데일이 물어보았을 때는 말하고 싶지 않아 보였다고 들었다. 왜 데일이 아니라 자신에게 털어놓은 것일까.

케니스의 질문에 라티나가 대답했다.

"라티나 나쁜 아이란 거…… 데일 알면 라티나 싫어하게 돼. ……라티나…… 데일에게 미움받는 거…… 무서워."

"그렇구나. 데일이 소중하니까 말할 수 없는 건가."

케니스의 말을 듣고 라티나는 고개를 끄덕였다.

데일은 지금 라티나가 이야기한 내용을 이미 추측하고 있었다. 알고 있으면서 이 작은 아이를 곁에 두고자 했다.

그러나 이 아이는 그것을 모른다.

그리고 알려지는 것을 두려워하고 있었다. 자기 나름대로 필사적일 것이다.

'하지만 라티나가 이런 식으로 나한테는 자기 얘기를 하게 됐다는 걸…… 데일이 알면 어떻게 나올지…….'

틀림없이 재미없다는 얼굴과 태도가 될 것이다. 귀찮다. 데일은 이 작은 아이의 배려심을 조금이라도 본받아야 했다.

"라티나. 데일이 돌아올 때까지 한 가지 연습해 볼래?"

"……연습?"

케니스가 갑자기 제안을 한 이유는, 이대로라면 이 아이는 데일이 돌아올 때까지 작게 의기소침해 시들어 버릴 것 같다는 걱정이 들었기 때문이었다. 뭔가 집중할 만한 일이 있는 편이 좋을 것이다.

그리고 아마 라티나에게 가장 원동력이 되는 것은 데일의 존재였다.

"분명 데일은 배고픈 상태로 돌아올 거야. 왕도에서 크로이츠까지 오려면 꽤 시간이 걸리니까. 라티나 너, 데일을 위해 밥을 만들어 주고 싶다고 했잖아. 좋은 기회니 연습하자. 라티나가 만들었다고 하면 데일은 놀라고 기뻐할 거야."

"……라티나, 할 수 있어?"

"전부 다 하는 건 아직 어렵겠지만, 할 수 있는 걸 하자. ……어때? 해 볼래?"

라티나의 표정이 살짝 밝아진 것을 보고 케니스는 진심으로 안도했다. 역시 이 아이에게 데일의 존재는 컸다. 좋은 의미로도, 나쁜 의미로도—.

"라티나, 할래. 케니스, 가르쳐 줘. 부탁이야."

그리고 이 아이의 『부탁』은 데일이 아니더라도 어떻게든 들어주고 싶었다. 그런 생각을 하고 말 정도로 사랑스러웠다. ^{딸 바보}

✝

그로부터 얼마 지나지 않아.

"셰퍼드 파이야. 할인해 줄 테니까 먹어."

"마침내 이 가게에서 강매를 시작한 건가."

주문하지도 않은 요리를 한 손에 들고, 단골손님인 수염 난 모험가 앞에 우뚝 선 케니스의 모습이 있었다. 단골손님의 어이없어하는 반응에도 케니스는 흔들리지 않았다.

"게다가 뭐야, 그거 꼴이 말이 아닌데. 내용물이 다 삐져나와 있잖아."

"무리도 아니지. 연습 중이니까 말이야."

"연습 중?"

수염 난 단골손님은 케니스의 말을 되풀이한 뒤, 이 가게에서 『연습』을 할 만한 인물을 떠올렸다. 어차피 한 사람밖에 없었다. 이

여관에 사는 소녀에 관해서는 꽤 예전부터 알고 있는 상태였다. 그렇기에 단언할 수 있었다.

"······아가씨가 만든 건가."

"맞아. 라티나의 연습작이야."

"알겠어. 두고 가."

이런 대화가 이날 몇 번이나 반복되었다.

현재 라티나가 할 수 있는 작업을 고려한 결과, 케니스는 그녀에게 셰퍼드 파이를 가르쳐 주기로 했다. 능숙해지려면 많이 경험하는 것이 가장 빠른 길이었다. 완성된 연습작을 주방에서 처리하려면 한계가 있지만, 이 가게는 요리를 얼마나 예쁘게 담아내는지 신경 쓰지 않는, 섬세함과는 거리가 먼 족속들의 집합소였다. 실험대는 충분했다.

셰퍼드 파이는 미트 소스 위에 매시드 포테이토를 얹어서 굽는 요리였다. 파이라는 명칭인 것에 반해 파이 반죽은 쓰지 않고 과자 종류도 아니었다.

라티나의 작업은 매시드 포테이토를 만드는 것과, 그것을 케니스가 만든 미트 소스와 함께 켜켜이 담아 마지막에 치즈를 뿌리는 것이었다. 오븐에 넣고 빼는 건 케니스가 하지만 라티나는 진지한 얼굴로 굽는 정도를 가늠했다.

전체적인 맛을 결정하는 미트 소스를 케니스가 만들기에 크게 실패할 일은 없었다. 그래도 처음에는 소스가 삐져나오거나 감자가 고르게 펴져 있지 않는 등 다소 볼품이 없었다. 하지만 날이 갈

수록 능숙해지는 것이 눈에 보였다.

첫날 이후로는 케니스가 아무 말도 하지 않아도 단골손님 대부분이 라티나의 연습에 협력적인 태세를 취했다.

무엇보다 이 메뉴에 한해서 조그마한 전속 종업원이 요리를 가져다준다는 서비스가 딸려 있었다. 예전부터 라티나는 서빙을 하고 싶어 했지만 『범고양이』에서는 서빙 시에 정산도 같이 처리했기에 어린 그녀에게 시킬 수는 없었다. 하지만 이 셰퍼드 파이와 관련된 일련의 운동은 단골손님들에게만 일어나고 있었다. 마지막에 일괄적으로 계산하는 멤버들로만 대상을 한정하면 어린 라티나가 돈을 다루지 않아도 됐다.

그 결과 『춤추는 범고양이』 공전의 셰퍼드 파이 붐이 일어났다.

"오래 기다리셨습니다!"

데일이 집을 비운 뒤로 기운 없이 고개를 푹 숙이고 있던 라티나가 상기된 얼굴을 보이는 것은 나쁘지 않았다.

이 아이가 쓸쓸해하면 『범고양이』도 전체적으로 어딘지 가라앉은 상태가 되니까.

작은 몸으로 조심조심 들고 온 쟁반에는 이제 꽤 예쁜 형태를 갖추게 된 셰퍼드 파이가 올려져 있었다.

살짝 서투르긴 하지만 상품으로 팔아도 문제없을 것이다.

"뜨거우니까 조심하세요."

─이 가게에서 가장 정중하게 접객하는 사람은 이 작은 아이가 아닐까.

"그럼 천천히 드세요."

빈 쟁반을 끌어안고 방긋 웃는 라티나를 보며 단골손님들은 내심 한목소리로 그런 생각을 하고 있었다.

처음에는 어린 라티나를 어떻게 대하면 좋을지 몰라 당황을 감추지 못했던 우락부락한 남자들— 단골 일동에게도 라티나는 사랑스럽게 웃으며 생글거렸다.

아이들을 상대하면 기본적으로 우는 반응이 돌아오는 사내들에게 이렇게 귀여운 소녀가 웃으며 접해 주는 기회는 일단 없었다.

가끔 기분이 언짢은지 어린 그녀를 상대로 어른스럽지 못한 태도를 보이는 바보 — 그런 족속들은 꼭 모험가로서 실력이 이류 이하였지만 — 를 맞닥뜨려도 라티나는 놀라서 눈을 동그랗게 뜬 뒤에 종종걸음으로 자리에서 벗어났다. 그리고 멀리서 이상한 생물을 관찰하는 눈길로 모습을 살폈다. 장차 크게 될 아이였다.

"어서 오세요. 오래 기다리셨습니다!"

오늘도 『춤추는 범고양이』의 라티나 특제 셰퍼드 파이는 순조롭게 팔리는 중이었다.

†

"드디어 집에 갈 수 있어!"

에르디슈테트 공작가에서 그런 우렁찬 외침이 들린 것은 조금 있으면 데일이 크로이츠를 떠난 지 보름가량 됐을 때였다.

"갈래! 냉큼 갈래! 지금 당장 돌아갈 비룡을 준비해! 라티나가 날 기다리고 있어!"

"일단 오늘 밤 야회에 출석하는 것까지가 『일』이야."

"싫~다~고~! 집~에~갈~래!!"

"……메이드한테 준비시킨 선물 리스트는 확인 안 해봐도 돼? 최근 왕도에서 화제인 물건들만 모으도록 했던데. 네가 스스로 고르는 데 의미가 있지 않아?"

"맞아! 라티나, 좋아해 주려나?"

표정을 휙 바꾸는 데일의 모습을 보고도 그레고르는 그다지 동요하지 않았다.

이 보름간 이미 익숙해졌다.

이제 뭔가 여러모로 포기했다. 포기할 수밖에 없었다.

이 보름 동안, 데일과 그레고르를 포함한 소수 정예는 『일곱째 마왕』의 권속을 토벌하기 위해 아오스브리크 근교에 있는 산간 지역에 갔었다. 임무를 마치고 아오스브리크로 돌아온 것이 엊그제였다.

데일이 에르디슈테트 공작, 즉 라반드국과 계약하여 맡고 있는 『일』이라는 것은 주로 『마왕』과 그 권속 관련의 토벌 임무였다.

『마왕』의 권속 토벌에 소수 정예로 임하는 것은 이유가 있었다. 국군을 움직이지 않고 모험가를 중심으로 토벌대를 짜는 것도 마찬가지였다.

　나라가 주체적으로 군을 움직인다는 것은 『마왕』에게 선전 포고하는 것이나 다름없기 때문이었다.

　『마왕』의 능력은 컸다. 그리고 그 권속 전체를 다 포함하면 나라 하나를 위협할 만한 군사력이 되었다. 공공연하게 적대를 표명하면 『마왕』 또한 자신의 권속과 함께 항전하기를 택할 것이다.

　일곱 존재하는 각 『마왕』은 완전히 별개의 존재였기에 함께 투쟁하는 일은 거의 없었다. 그렇더라도 『마왕』 한 개체와 전쟁하는 것 역시 나라를 충분히 뒤흔드는 중대사였다.

　위험을 최소한으로 줄이면서 『마왕』의 위협을 제거하려면 불특정 소속의 소수 집단으로 기습을 가하는 것― 요컨대 암살이 효과적이었다.

　공작가의 인간인 그레고르가 정규군에 소속되어 있지 않은 것도 명목상으로는 그가 반쯤 모험가로 활동하고 있다는 이유였지만, 실상은 그런 임무를 수행하고 있기 때문이기도 했다.

　보름 전 아오스브리크에 도착한 데일은 준비 기간을 거친 뒤, 마찬가지로 임무를 맡은 자들과 함께 목적지로 향했다. 멤버는 다들 모험가로서 실력을 인정받고 있는 우수한 자들이었다. 라반드국이 직접 계약을 맺을 정도로는 능력과 함께 인격도 믿을 수 있는 모험 가들이었다. 성인군자까지는 아니지만 적어도 배신당해 등에 칼이 꽂힐 걱정은 없었다. 국군 소속의 척후대도 모험가로 위장하여 동행했다.

도착한 산중의 깊은 숲 속에서 척후의 보고대로 용 몇 마리가 둥지를 틀고 있는 것을 확인할 수 있었다. 아오스브리크에는 지열이 높으며 『빨강 신』의 신위(神威)가 강하게 작용하는 토지가 있다. 용족이 번식기에 즐겨 찾는 장소이기도 했다.

"……『일곱째 마왕』의 용이 틀림없어."

전란과 소란을 즐기는 마왕인 『일곱째 마왕』은 강대한 힘의 상징인 용족을 사역하길 좋아했다. 마인족은 『중앙』 속성 적성자도 많았다. 용을 자신의 수족처럼 다루는 사역자도 존재했다.

그들이 용을 목표물 중 하나라고 확신한 것도 그 사역자의 존재를 확인했기 때문이었다.

검은 로브를 두른 여자 한 명에 전사 여럿. 어느 인물이나 모두 뿔이 있었다. 마인족 전사의 투구는 특징적이었다. 그들은 자신들의 긍지인 뿔을 감추는 것을 탐탁지 않아 했다. 머리 부분은 덮여 있더라도 뿔만은 과시하듯이 노출하고 있을 때가 많았다.

하지만 가장 위험한 것은 로브를 입은 여자였다.

"……틀림없어. 저 여자는 『마족』이야."

데일이 조용한 목소리로 동료들에게 주의를 촉구했다. 그의 능력을 아는 동료들은 쓸데없는 의문을 끼워 넣지 않고 곧바로 알았다는 뜻을 전했다.

그때부터 불필요한 대화는 없었다. 위험한 임무를 여러 번 함께 수행했던 사이답게 수신호 몇 번으로 자기 위치에 서는 동작까지도 자연스러웠다.

전투의 도화선에 불을 댕긴 것은 데일의 마법이었다.

"「우리의 신에게 속한 존재여, 대지여, 나 데일 레키의 이름하에 명하노니, 나의 바람대로 뚫리며 그 모습을 바꿔 모든 것을 그 안에 삼키라.《대지변화》.」"

평소에 쓰는 간단한 마법식과는 비교도 되지 않는 방대한 마력이 실린 문장이었다.

주위로 굉음이 울려 퍼지더니 목표의 발밑이 허물어졌다. 공격을 눈치챈 마족 여자와 전사들은 늦지 않게 피한 모양이었지만, 무게가 있는 용들은 지반 붕괴에 완전히 말려들었다.

평범한 마법사라면 마력이 다해도 이상하지 않을 마법을 행사했을 텐데 데일의 얼굴에서는 피로한 기색을 조금도 찾아볼 수 없었다. 그는 검을 스르륵 뽑고 아직도 혼란 속에 있는 적들에게 파고들었다.

미리 맞춰 둔 타이밍에 뛰쳐나온 그레고르가 쥐고 있는 것은 심홍색 외관의 태도(太刀)였다. 마력을 띤 칼은 베는 데 특화된 검광을 내고 있었다. 순수하게 검술만 따지자면 그는 데일보다도 훨씬 높은 경지에 있었다.

"「대지여, 내 이름하에 명하노니, 나의 적을 치라.《석창》.」"

주위의 의식을 그레고르가 한 몸에 모은 순간 근간 공격 마법이 발동됐다. 서로가 서로의 싸움 방식을 알고 있기에 가능한 연계였다.

간이식으로 발동되었다고는 여겨지지 않을 만큼 정밀한 마법은 땅에서 날카로운 석창을 솟아나게 했다. 자세가 무너진 마인족 전사를 그레고르가 베어 냈다.

"「보호해!」"

마족 여자는 날카롭게 소리치며 자신의 종을 질타했다. 잔해를 밀어 헤치고 기어 나온 용이 여자를 지키기 위해 앞으로 나섰다. 살짝 늦게 불덩어리 몇 개가 용의 머리를 때렸고 주변에 열기를 흩뿌렸다. 그러나 마법 공격은 그것으로 끝나지 않았다. 이어서 전격이 땅을 기듯이 달려갔다. 여러 마법사에 의한 파상 공격은 현 단계에서는 적의 발을 묶는 것이 주목적이었다.

그 짧은 시간에 자신의 수하 전사들이 단 두 명의 인간족 전사에게 베여 쓰러진 것을 보고 마족 여자는 초조해졌다. 다른 용은 아직 구멍 속에서 버둥거리고 있었다. 믿을 수 없을 만큼 큰 구멍이었다. 지금 자신 옆에 있는 한 마리는 다른 용들을 발판으로 삼아 겨우 기어 올라온 것이었다. 남은 녀석들은 간단히는 돌아오지 못한다.

"「죽여!」"

그러나 다른 수단은 없었다. 악수를 두는 짓임을 알고 있지만 여자는 유일한 종에게 그 명령을 내렸다. 자신이 퇴각할 시간을 벌게 할 셈이었다.

마법사들의 위치에서는 사각지대가 되는 방향에 퇴로가 열리도록 용을 유도했다. —그럴 생각이었다.

그러나 어느새 검은 가죽 코트를 입은 전사가 그녀에게 접근해 있었다.

경악으로 크게 뜨인 눈이 다른 전사 한 명과 마법사들에 의해 움직이지 못하고 있는 자신의 종을 보았다.

처음부터 이 남자의 목적은 자신뿐이었다. 그 사실을 깨닫고 여자는 아연실색했다.

자신의 동료들이 저 정도 용 한 마리를 가지고 힘에 겨워할 리가 없다는, 그런 신뢰가 뒷받침된 망설임 없는 행동이었다.

그래도 여자는 순간적으로 단검을 뽑아 어설픈 전사보다도 날카로운 일격을 데일에게 가했다.

데일은 희미한 동요도 비치지 않고 여자의 일격을 『왼팔』로 막았다. 그의 비갑에서는 무딘 금속음만이 났다. 표면을 훑은 단검은 비갑에 흠집 하나 내지 못했다.

여자의 눈동자에 절망의 빛이 스친 것을 확인하지도 않고 데일은 자신의 검을 횡으로 그었다.

─이러하듯이. 데일은 전투 중이나 긴박한 상황에서는 일류 모험가라는 이름에 부끄럽지 않은 모습을 보여 주었다. 일솜씨도 문제없었다.

그러나 그 사이사이에는.

"아아아아아. 라티나가 부족해. 라티나아아아아아아아."

"……뭐가 부족하다고?"

"라티나 성분 말이야! 지금 내게는 라티나가 부족하다고오오오오……."

이렇게 갑자기 이동 중에 기이한 소리를 내거나.

"……라티나가 보고 싶어…… 라티나, 뭐 하고 있을까……."

그런 말과 함께 하늘을 바라보며 눈물짓거나.

"라티나……."

모닥불을 뒤적이면서 중얼거리거나.

—한마디로 말하자면 정서 불안 낌새가 보였다.

주위 사람들은 질색했다. 어쨌든 대부분이 발작적인 행동이었다. 말리든 주변 사람들은 곤혹스러워할 수밖에 없었다.

스트레스 발산일 것이다. 『데일 담당』이 되기 시작한 그레고르는 친구로서 최대한 호의적으로 해석해 주고 싶어서 그렇게 생각하기로 했다. 최소한의 자비였다.

아무튼 그레고르의 이번 『일』은 비룡에 다 실을 수 없을 만큼 선물로 산을 쌓고 있는 데일을 막는 것까지였다.

†

"라티나—!!"

"오자마자 하는 소리가 그거야?"

『춤추는 범고양이』의 문을 열어젖히며 데일은 얼굴 가득 기쁜 빛을 띠고 외쳤다. 그 한쪽 손에는 떠났을 때와 극명하게 차이 나는 커다란 짐이 들려 있었다.

보름 만에 얼굴을 마주했다 싶었는데 첫마디가 그거냐며 리타가 어이없다는 반응을 보였다.

보름 전보다 명백하게 악화돼 있었다. 무엇이라고 콕 집어 말할 것이 아니라 그냥 전부 다.

"뭐야, 리타야? 라티나는?"

"라티나라면 케니스 옆에 있어."

그렇게 리타가 대답하고 있을 때 입구의 소란을 눈치챘는지, 안쪽에서 그 장본인이 빼꼼 얼굴을 내밀었다.

그리고 반짝거리며 환해진 얼굴로 달려왔다.

"데일! 다녀오셨어요!!"

와락 안겨 든 라티나를 데일도 활짝 웃으며 받아 주었다.

보름 전보다 꽤 포동포동해져서 어린아이다운 윤곽을 갖추게 된 라티나는 데일의 기억에 있던 것보다도 훨씬 사랑스러웠다.

"다녀왔어, 라티나! 오랫동안 혼자 집도 보고 장하네. 외로웠어? 미안해. 나도 정말 외로웠어!"

"라티나, 외로웠어. 하지만 데일, 무사히 돌아와서 기뻐. 어서 오세요."

"아아…… 역시 라티나는 내 치유제야……."

꼭 안기며 방긋 웃은 라티나의 그런 대사를 듣고 데일은 만감을 담아 중얼거렸다.

'나, 열심히 했어.'

열심히 한 보람이 있었다.

"저기, 라티나. 선물이……"

"데일, 잠깐만 기다려 줘."

신이 나서 서둘러 그녀에게 갖가지 선물을 펼쳐 보이려던 데일은, 라티나가 자신에게서 간단히 떨어진 것에 멍해졌다.

라티나가 빠른 걸음으로 주방에 있는 케니스에게 가는 모습을 절망에 빠진 표정으로 바라보았다. 그리고 이내 초점을 잃은 눈동자로 데일은 허무하게 중얼거렸다.

"보…… 보름은 너무 길었나…… 후후후…… 이렇게 된 거 이 세상에서 마족을 전부 몰아내면…… 앞으로 나는 라티나와 떨어지지 않아도 될 거야……."

"너 상당히 피곤하구나."

그의 기행이 피로 때문이라는 것을 깨닫고, 그 냉정한 리타의 얼굴에도 동정의 빛이 떠올랐다.

"……라티나도 정말 열심이었어. ……혼자 다락방에 있는 건 외로울까 싶어서 네가 돌아올 때까지는 우리 방에 와도 된다고 했는데, 『데일 방이 좋아.』라더라. 혼자서 자는 것도 문제없었어. 『데일 냄새랑 같이 있으니까 안심』할 수 있대."

"……라티나, 괜찮았어? 아무 일도 없었어?"

"뭐, 쓸쓸해 보이기는 했지. 그래도 목표가 생기니까 상당히 회복된 것 같았지만."

리타에게서 그가 부재중이었을 때 라티나의 모습과 크로이츠의 근황을 듣는 사이에 라티나가 주방에서 돌아왔다.

손에는 단단히 쟁반을 들었는데, 그 위에는 뜨거운 김이 모락모

락 올라오는 셰퍼드 파이와 깍둑썰기로 잘린 색색의 과일이 춤추는 젤리가 흔들리고 있었다.

"데일, 라티나가 만들었어. 데일이 먹어 줬으면 해서 노력했어."

"라…… 라티나가 만든 거야?"

"열심히 했어!"

자랑스럽게 웃는 라티나에게서 떨리는 손으로 쟁반을 받은 데일은 몹시 감격하여 외쳤다.

"너무 아까워서 못 먹어……!"

"아니, 먹어 줘야지."

보름 만에 만났어도 리타의 태클은 건재했다.

"그런고로 데일, 네가 집을 비운 사이에 중대한 사실이 판명됐어."

"뭐?"

느닷없이 케니스가 말을 꺼낸 것은 데일이 싱글벙글 기분 좋아 보이는 라티나를 무릎 위에 앉힌 상태로, 그녀가 정성을 다해 만든 파이와 디저트를 한창 맛보고 있을 때였다.

데일의 반응 따위 아랑곳없이 케니스는 엄숙하게 말을 이었다.

"요전번에 라티나의 친구인 클로에라는 아이가 이런 말을 했거든. 우리는 올가을부터 학교에 다니는데, 라티나도 가느냐고."

"뭐?"

"클로에도 마르셀도. 다들 간대. 다들 동갑이니까."

라티나가 무릎 위에서 데일을 올려다보며 말했다. 그런 그녀를 보면서 라티나의 친구들을 떠올렸다. 라티나보다 살짝 나이가 많아 보였기에 어린 라티나를 귀여워해 주고 있는 것이라고 인식하고 있었다.

"라티나도 동갑이니까 가는 거냐고 클로에가 물어봤어."

그 말을 이해하기까지는 살짝 시간이 필요했다.

"······뭐?"

"그게 그렇다는 모양이야."

데일이 케니스에게 설명을 요구하는 시선을 보내자 케니스는 고개를 끄덕였다.

"······라티나, 다음 달이 태어난 달이지?"

"응."

"그랬어? 선물을 준비해야 하잖아!"

"······몇 살이 되는지 데일에게 알려 주렴."

"응~? 여덟 살이야."

왜 그런 걸 묻느냐며 라티나는 고개를 갸웃했다.

순간 데일은 할 말을 잃고 굳었다.

그 반응을 보고 케니스는 고개를 두어 번 끄덕였다.

"······라티나 너, 지금 일곱 살이야?"

"응? 맞아. 라티나, 일곱 살."

"······라티나, 작구나······."

"그러게. 작아."

"라티나, 작아?"

어른들은 모두 그녀를 대여섯 살이라고 생각하고 있었다. 그 정도로 라티나는 작았다.

그러나 듣고 보면 라티나의 언동은 그 나이 때 아이라고는 여겨지지 않을 만큼 야무졌다. 말투가 앳된 것은 그녀가 말을 배운 지 얼마 되지 않아서 문법도 어휘도 부족하기 때문이리라.

머지않아 여덟 살. 이 시기 아이들의 1, 2년 차이는 꽤 컸다.

어른들은 자신들이 생각했던 전제 조건이 틀렸다는 것을 인식했다.

"……마인족이라 성장이 느린 건가?"

"나도 그렇게 생각해서 손님들한테 물어봤는데, 『마인족』도 어렸을 때는 『인간족』과 성장 속도는 별반 다르지 않다는 모양이야. 성숙해지면 성장이 멈추고 성인 시기가 긴 종족이라더군."

"……라티나가…… 작은 건가."

"작을 뿐이야."

"응?"

어른들이 복잡한 얼굴로 자신을 보는 것이 정말 의아한지, 라티나는 다시 갸웃, 고개를 기울였다.

5. 친구와 마법이 있는 일상.
작은 소녀,

통통 튀는 발걸음만 봐도 그녀가 즐거워하고 있다는 것은 분명했다. 그 움직임에 맞춰서 높게 좌우로 묶어 올린 머리카락과 선명한 파란색 리본이 흔들렸다.

매끄러운 백금색 머리가 때때로 빛을 머금고 반짝반짝 빛났다.

하늘색 체크 원피스는 최근 그녀가 마음에 들어 하는 옷이었고, 오늘은 역시나 아끼는 물건인 작은 흰색 등나무 바구니를 들고 있었다.

광장에서 놀고 있는 친구를 발견하자 표정이 환해졌다.

"클로에!"

크게 손을 흔들고 라티나는 달려갔다.

라티나가 사는 크로이츠 남구는 서민들이 거주하는 동네임과 동시에 모험가나 여행자를 상대하는 가게가 늘어서 있는 구획이었다. 아이들이 놀기에는 부적절한 곳이 많았다. 신원이 불분명한 자가 드나드는 싸구려 여인숙이나, 일을 얻지 못하고 대낮부터 술에 취해 고주망태가 된 모험가가 있는 술집. 남자들의 욕망을 채워 주는, 분가루 냄새가 나는 가게. 그것들은 『춤추는 범고양이』와도 인접해 있다.

그래서 그녀가 혼자 다녀도 괜찮다고 허락된 곳은 남구의 큰길, 그것도 『춤추는 범고양이』에서 중앙으로 향하는 구획으로 한정되어 있었다. 『춤추는 범고양이』는 남구 중에서는 중앙에 가까운 위치였다. 모험가나 여행자를 대상으로 하는 가게 대부분은 마을 입구 주변에 많았다. 가격이나 질이 좋지 않은 가게일수록 특히 그런 경향이 강했기에 내려진 조치였다.

불과 며칠 전까지 라티나가 혼자 돌아다니는 것은 금지였다. 하지만 그녀가 슬슬 학교에 다닐 나이라면 계속 금지하는 것에도 한계가 있었다. 그래서 몇 가지 주의 사항을 지키기로 하고 단계적으로 허가해 주고 있었다. 이것도 커 가면서 꼭 필요한 연습의 일환이었다.

도시 중심에는 광장이 있다.

동구에 사는 친구들과 거기서 합류해 함께 노는 것이 최근 그녀의 즐거움 중 하나였다.

광장 안에서도 평소 장이 열리는 곳 근처는 물건을 들여다보며 걷기에는 괜찮지만 놀기에는 적합하지 않았다. 조금 떨어진 곳이 공원으로 정비되어 있기에 그곳으로 향했다. 마을 사람들도 휴식처로 이용하는 곳이었다. 도회지인 크로이츠는 초목 등의 녹색이 적었다. 인공적인 잡목림과 잔디밭, 화단으로 꾸며진 공원이었지만 산책을 즐기는 사람의 모습이 보이기도 하고 아이들의 환호성이 들리기도 하는 등 찾는 사람이 끊이지 않았다.

광장에서는 라티나가 모르는 아이들도 많이 놀고 있었다. 그 사이를 빠져나가 친구들 곁에 다다르자 라티나는 기쁘게 웃었다.

"무슨 일이야? 라티나. 왠지 기뻐 보여."

"좋은 일이라도 있었어?"

클로에와 마르셀이 물어보았기에 발랄하게 보고했다.

"데일, 돌아왔어!"

"그렇구나."

"잘됐네, 라티나."

보호자가 집을 비웠을 때 라티나가 그저 한결같이 의기소침해 있던 모습은 친구들도 보았었다. 드디어 진심으로 웃을 수 있게 된 작은 친구에게 솔직한 축복의 말을 건넸다.

"데일, 모두에게 줄 선물도 사 왔어. 간식으로 먹자."

선물로 받은 과자가 가득 담긴 바구니를 내밀며 라티나가 미소 짓자, 먹을 거라고 짐작한 루디가 희희낙락대며 들여다보았고 안토니가 쓰게 웃었다.

"우와! 비싸 보이는 과자다! 다 먹어도 돼?"

"조심해, 라티나. 루디라면 정말로 다 먹어 버리니까."

라티나가 평소 함께 노는 친구들은 이 네 명이 중심이었다.

집단의 대장이며 리더 격으로 군림하는 사람은 네 명 중 홍일점인 클로에였다.

라티나와 클로에는 벌써 절친이라고 부를 수 있을 만큼 친해져 있었다.

라티나에게 클로에는 존경의 대상이었다. 남자아이들 상대로도 의연했고, 최강의 자리도 확고히 지키고 있는 그녀가 순수하게 대단해 보였다.

클로에 역시 라티나를 자신이 모르는 것을 많이 알고 있는 머리 좋은 아이라고 인식하고 있었다.

서로 자신에게 없는 것을 가진 대등한 존재로 인정하고 있는 것이었다. 성격이 전혀 다른 두 사람이 급속도로 친해진 것도 이 때문이었다. 오히려 서로 다르기에 끌렸다고도 할 수 있을 것이다. 두 사람은 질투가 아니라 서로를 존중하는 관계를 쌓아 가고 있었다.

동그란 얼굴에 살짝 통통한 인상을 주는 온화한 성격의 소년인 마르셀에게도 라티나는 빨리 익숙해졌다.

그녀를 대하는 다정한 태도를 무너뜨리지 않고, 작은 라티나가 무서워하지 않도록 배려해 주는 그에게 라티나는 클로에 다음으로 호의를 갖고 있었다.

호리호리한 체형을 지닌 갈색 머리 안토니에 관해 묻는다면 라티나는 잘 모르겠다고 대답할 것이다. 굳이 따지자면 싫지는 않다는 느낌이었다.

클로에 말로는 「약삭빠르게 구는」 아이였고, 어른들 말로는 「요령이 좋은」 그런 아이였다.

그리고 마지막 한 사람. 네 명 중에서 가장 몸집이 큰 남자아이, 루디 — 본명은 루돌프지만 친구들은 모두 애칭으로 부르고 있다 — 는 라티에게 살짝 어려운 상대였다.

첫 만남도 좋지 않았으나 그 이후로도 번번이 작은 라티나를 놀

리거나 장난쳤다. 그때마다 클로에에게 호된 반격을 받았지만 반성
하는 기색은 전혀 없었다.

지금까지 또래 아이들과 접한 경험이 별로 없었던 라티나에게
『아이다운 아이』인 루디는 어떻게 대하면 좋을지 알 수 없는 존재
였다.

크로이츠 토박이인 그들은 발이 넓어서 라티나는 네 사람의 뒤
를 따라가기만 하면 처음 보는 아이들 집단과 놀 때도 간단히 어우
러질 수 있었다.

라티나는 크로이츠에 와서 처음으로 『친구들과 노는 것』을 체험
하고 있었다.

"오늘은 뭐 하고 있었어?"

"지금부터 『어부 술래잡기』 하려던 참이었어."

"저쪽 애들이랑 같이 할 거야. 라티나도 가자."

"응."

라티나는 어부 술래잡기도 이 네 사람에게 배웠다.

술래잡기의 일종인데, 술래에게 잡힌 아이는 술래와 손을 잡고
함께 다른 아이들을 쫓는 놀이였다. 인원수가 많은 편이 즐겁다.

라티나를 포함한 다섯 명은 광장에서 놀고 있는 아이들 무리를
향해 뛰어갔다.

환호성을 지르면서 아이들이 이리저리 뛰어다니는 광경은 크로이
츠라는 도시가 건전하고 풍족함을 나타내는 것이기도 했다.

한낮이라는 점과 도시 행정이 처리되는 영주의 저택에 가까운 광

장이라는 점도 크지만, 여행자 같은 외부인의 출입이 활발한 도시임에도 불구하고 아이들에게 큰 위험이 없다는 증거이기도 했다.

크로이츠에도 빈민가는 있었다. 정확히는 마을을 둘러싼 벽 바깥에 달라붙어 있는 형태로 존재했다. 도시 안에도 집안이 그다지 유복하지 않아서 어렸을 때부터 일하기를 강요받는 아이도 있었다.

그래도 대다수 아이들이 즐겁게 뛰놀면서 어린 시절을 보낼 수 있는 이 마을은 역시 라반드국 유수의 풍요로운 도시였다.

녹초가 될 때까지 뛰어다니며 어부 술래잡기가 몇 번 결판이 나자 아이들은 자연스러운 흐름으로 해산했다. 라티나 일행도 다른 아이들과 헤어진 뒤 잔디밭 한편에 앉아 바구니의 내용물을 꺼냈다. 잔뜩 놀아서 적당히 배도 고팠다. 간식 시간이었다.

얇은 종이로 포장된 브라우니는 정말 맛있어 보였지만, 그것을 친구들에게 나눠 주는 라티나의 얼굴은 도저히 간식을 기대하는 모습으로는 보이지 않았다.

그녀는 부루퉁하게 볼을 부풀리고 있었다.

불만스럽다는 기분을 최대한 어필하는 표정이었으나 유감스럽게도 그런 행동조차 작은 동물을 연상시켜 사랑스러웠다.

"라티나, 기분 풀어."

"과자 맛있다."

안토니와 마르셀이 과자를 먹으면서 라티나를 달래고자 했다. 하지만 라티나는 여전히 부루퉁한 채였다.

"왜 루디는 항상 라티나만 잡아?"

"응? 라티나 네가 쪼끄맣고 느려 터졌으니까."

라티나의 항의에도 동요하지 않고 루디는 양손으로 브라우니를 잡아 우적우적 먹고 있었다.

─왕도의 귀족가에도 납품하는 유명한 가게의 고급품이었지만, 아이들에게는 『뭔가 진하고 아주 맛있는 과자』 정도의 인식밖에 없었다.

"라티나보다 작은 애도 있는걸."

"작은 녀석도 라티나 너보다는 잽싸."

"라티나, 안 느리단 말이야."

다시 풍선처럼 볼이 부풀어 올랐다.

불만스러웠다.

라티나의 긍지는 크게 상처 입었다.

"루디, 항상 라티나를 가장 먼저 쫓아오잖아. 그래서 그런 거란 말이야."

라티나의 주장에 안토니가 쓰게 웃었고, 클로에가 눈썹을 찡그렸다.

마르셀은 「그러게.」라고 평범하게 맞장구쳤다. 진의를 헤아리기 어려운 반응이었다.

그러나 당사자인 루디는 태연스러운 얼굴로 새로운 브라우니의 종이를 벗기고 있었다.

"장본인이 **무자각**하다니 이상하지 않아?"

"루디는 어린애니까."

클로에와 안토니가 속닥속닥 말을 주고받았다.

그들은 아직 어렸지만 그래도 루디의 태도는 알기 쉬웠다. 소꿉친구의 너무나도 알기 쉬운 반응을 보고 곤혹스러워하고 있다고 해도 좋았다.

하지만 또 다른 당사자이기도 한 라티나는 브라우니를 덥석 입에 넣은 순간 생글거리며 표정을 바꾸었고, 루디에 관한 일은 어찌 돼도 상관없어진 것 같았다.

─처음 만났을 때부터 클로에 일행에게 라티나는 『특별』했다.

반짝반짝 빛나는 백금색 머리카락에, 서민 아이는 축제 때나 돼야 달 수 있는 예쁜 리본을 맨 소녀.

처음에는 빼빼 말랐었는데 지금은 포동포동해져서 아주 사랑스럽고 예뻤다. 『동화 속 공주님』 같은 여자아이였다.

먼 이국 출생이라 말은 살짝 부자유스럽지만 마법도 쓸 수 있었다.

부모는 없으나 부모를 대신하는 사람과 함께 모험가들이 모이는 가게 한편에서 사는 중이었다.

─어느 것이나 그들에게는 『비일상』인 것으로 이루어진 존재였다.

라티나에게 뿔이 있다는 사실도 네 사람은 알고 있었다.

리본에 가려진 작은 검은색 뿔을 라티나가 스스로 보여 준 것이다.

매끈매끈한 감촉인데 희미하게 온기가 느껴지는 라티나의 그 부분을 클로에는 허락받고 만져 본 적도 있다.

밑동부터 부러져 있는 왼쪽 뿔에 대해선 그 이야기가 나오자 라티나가 슬픈 얼굴을 했기에, 그들은 『물어보면 안 되는 것』이라고 여기고 있었다.

배려라는 것과는 연이 없는 루디조차도 그 부분은 제대로 이해하고 있었다.

아이들은 어른에게는 없는 유연함으로, 「자신들과 살짝 다르지만 『마인족』이라는 똑같은 『사람』」으로서 간단하게 그런 것들을 받아들여 버렸다.

처음에는 확실히 『비일상』을 향한 동경이었으나 지금은 라티나라는 작고 다정한 친구의 존재 그 자체가 그들에게 무척 소중했다.

그리고 그것을 알고 있기에 라티나에게도 그들은 아주 소중한 존재였다.

†

친구들은 처음 만났을 때부터 라티나가 마법을 쓸 수 있다는 사실을 알고 있었지만, 보호자인 데일은 그 사실을 몰랐다.

이 나이 때 아이가 마법을 쓸 수 있다는 것 자체가 일단 상상할 수 없는 사태였다. 처음부터 생각한 적도 없었다.

우연히 저녁 먹을 때 그 화제가 나와서 저도 모르게 포크를 떨어뜨릴 뻔했을 정도로 깜짝 놀랐다.

"뭐? 라티나 너, 마법 쓸 수 있어?"

"응. 하지만 간단한 치유 마법 하나뿐이야."

그 이야기를 들은 뒤로 줄곧 생각하던 것이 있었다.

그녀에게 본격적으로 마법을 가르쳐줄지 말지였다. 그중에서도 특히『공격 마법』이라고 불리는 종류가 문제였다.

'으음⋯⋯ 공격 마법은 위험하려나⋯⋯ 하지만 호신용으로 배워 두는 편이 좋을 것 같기도 한데⋯⋯.'

그가 이 정도로 고민하는 것은 그녀가『외뿔』이기 때문이었다. 게 다가 저렇게나 사랑스러운 소녀이니 언제 어디서 나쁜 마음을 먹은 족속들이 눈독을 들일까 불안해서 견딜 수가 없었다.

쓸 수 있는 힘이 있다면 자신의 몸을 지키기 위한 방법을 가르치 는 것이 도리였다.

'라티나라면 괜히 누군가를 다치게 하지는 않을 테고⋯⋯.'

마법은 다른 사람을 해하는 흉기가 될 수 있는 힘이었다. 그 위 험성은 알고 있지만 그래도 가르쳐야 한다는 결론에 이른 것은 이 런 경위에서였다.

날짜가 바뀐 오후. 데일은 예전에 자신이 마법을 배울 때 썼던 교본을 끄집어낸 뒤 라티나를 불렀다.

"라티나가 쓸 수 있는 회복 마법은 무슨 속성 마법이야?"

"우웅⋯⋯ 빛나는 거야."

"『하늘』속성인가⋯⋯ 나머지가 대칭 속성인지 병렬 속성인지는 알아?"

"아니, 몰라."

라티나가 휘휘 고개를 저었기에 데일은「흠.」하며 생각에 잠겼다.

마법이란 마력을 이용해 여러 가지 현상을 일으키는 것이다.

171

그 근본이 되는『마력』은 크기의 차이야 있지만 만물이 가지고 있었다. 마력이 전혀 없는 것이야말로 희한한 존재였다.

그러나『마법』이 되면 이야기는 또 달랐다. 일단 무엇보다 그 존재가 지닌『속성』에 따른 마법밖에 쓸 수 없는 것이다.

『속성』은 일곱 개였다. 하늘, 물, 땅, 어둠, 불, 바람, 그리고 중앙이었다.

속성은『중앙 1종』,『대칭 2종』,『병렬 3종』이라고 불리고 있는데, 독립된 계통인 중앙 속성을 제외하면 정반대 속성 두 개이거나 친화성이 높은 속성 세 개를 갖추게 된다.

데일은『물』,『땅』,『어둠』세 속성을 갖추고 있었다.

"그럼 그걸 조사부터 해야겠네……."

속성에 따라 쓸 수 있는 계통도 크게 좌우된다.

예를 들어『회복 마법』도 그랬다.『하늘』,『물』,『땅』세 속성만이 회복 마법 계통을 사용할 수 있었다.

그리고 같은『회복 마법』이더라도 상태 이상이나 외상에 높은 효과를 발휘하는『물』. 즉효성은 다른 속성에 비해 떨어지지만 최종적으로는 체력 회복이나 중상 치료에 큰 효력이 있는『땅』. 어떤 증상에도 대응할 수 있는 범용성 높은『하늘』. 이런 식으로 각각 장점도 달랐다.

"『물이여.』"

주문도 되지 않는 짧은 부름이었다.

그 말에 응해 데일의 손바닥 위에서 마력이 희미하게 일렁였다.

"와아……."

"알겠지? 지금처럼 『속성』을 지정해서 마력이 움직이면 그 속성을 가지고 있다는 거야. ……라티나는 『마인족』이니까 주문 언어는 문제없고……."

"응? 무슨 뜻이야?"

이상하다는 얼굴로 고개를 갸웃한 라티나를 보고, 데일은 「아아.」 하고 작게 중얼거린 뒤 설명을 계속했다.

"라티나 같은 『마인족』은 다른 『인족』에게 『선천적인 마법사』라고 불리고 있어.

왜냐하면 마력을 마법으로 행사하려면 『주문』이 필요한데, 그 주문을 만들어 내는 언어인 『주문 언어』가 『마인족』이 평범하게 쓰고 있는 『말』과 똑같기 때문이야.

실은 대다수의 『사람』은 그 말에 적성이 없어. 발음하는 것 자체가 불가능하거든.

『마법을 쓸 수 있는 사람』은 곧 『주문 언어를 다룰 수 있는 사람』인 거야…… 좀 어렵나?"

"우웅……? 라티나, 말할 수 있으니까 마법 쓸 수 있어?"

"너희 『마인족』은 그래."

데일은 라티나의 손을 잡고 『부름』을 해 보도록 재촉했다.

순서대로 반복한 결과, 그녀의 적성은 『하늘』과 『어둠』이라는 것을 알 수 있었다.

"라티나도 치유 마법을 쓸 수 있으니까 알고 있겠지만, 주문은

『속성을 지정』하고『제어를 명확화』한 뒤『일으킬 현상을 명확화』하는 거야. 그리고『현상명』을 고하는 식으로 되어 있어."

"흐응?"

그 반응을 보면 마법을 쓸 수는 있어도 아직 이론까지는 모르는 모양이었다.

그것도 무리는 아니었다. 이렇게 어린 소녀가 마법을 쓸 수 있다는 것 자체가『보통』은 듣도 보도 못할 사태였으니까.

마인족에게 있어서 어떤 것이『보통』인지까지는 알 수 없었지만.

"라티나가 회복 마법을 배웠을 때는 어떤 식으로 가르쳐 줬어?"

"전부 외웠어. 그리고 마력 쓰는 법 배웠어."

"……주문을 통째로 암기한 건가. ……라티나, 회복 마법 살짝 보여 줄 수 있어?"

"응."

데일의 말을 듣고 라티나는 진지한 얼굴로 집중했다.

그리고 매끄러운 노래처럼 주문을 자아냈다.

"「하늘의 빛이여, 내 이름하에 나의 바람을 이루어라, 다친 자를 고치고 치유하라.《유광》.」"

부드러운 빛이 흘러나오는 것까지 지켜보고 데일은 숨을 내쉬었다.

"아름다운 주문식이네. 보조 도구도 없는데 제어도 확실하게 잘하고 있어."

"정말? 라티나 잘하고 있어?"

"그래. 라티나는 대단한걸."

데일은 그렇게 말하면서 교본을 들었다.

페이지를 훌훌 넘기며 시선으로 훑어 목적했던 항목을 찾아냈다.

"그럼…… 이론은 일단 나중으로 미루고……『어둠』이랑『하늘과 어둠』의 복합 마법을 간이식으로 몇 개 통째로 암기해 볼까."

역시 마인족인지라 본래 모국이기도 한 만큼 라티나는『주문 언어』에 정통했다.

가르치고 있을 터인 데일조차 모르는 단어를 중간중간 물어 왔다.

"주문은 언어니까. 원래 많은 단어를 길게 늘어놓을수록 강력한 마법이 돼. 그만큼 소비하는 마력도 많고 제어도 어려워지지만 말이야."

"그런 거야?"

"그래. 아까 라티나가 썼던「《유광》」주문도 간이식…… 예를 들면「하늘이여, 내 이름하에 명하노니, 상처를 치유하라.《유광》.」정도로도 발동되거든. 가벼운 찰과상 같은 건 이걸로 충분해. 마력 소비도 훨씬 적고."

"좀 더 길고 정중하게 말하면 큰 상처 고칠 수 있어?"

"그럼 제어가 어려워지니까…… 보조 도구가 있으면 좋겠지."

마법사들이 지팡이나 반지 등의 아이템을 이용하는 것은 제어 술식이 담긴 보조 도구이기 때문이었다.

제어가 정교할수록 소비 마력도 범위 지정도, 최소한으로 최대 효과를 얻을 수 있다.

넓은 범위를 휩쓰는 강대한 공격 마법도 존재했고, 이론상으로는 대군을 일격에 태워 버리는 주문을 외는 것도 가능했다.

하지만 그러려면 방대한 마력 소비에 더해 그것을 제어할 역량이 요구되었다. 게다가 장황한 영창이 필요했기에 너무나도 비실용적이었다.

전장에서 영웅담을 한 권 낭독한다고 하면 이것이 얼마나 비현실적인지 상상하기 쉬울 것이다.

마법사들은 기본적으로 간이식을 이용해 공격하거나, 후위에서 보호받으며 그 자리에 필요한 적절한 마법으로 전위를 지원하는 역할이었다.

"하지만 데일. 라티나『마도구』 같은 거 없었어."

"『마인족』은 폐쇄적인 종족이라 다른『인족』과 별로 교류가 없거든. 『인간족』도『마인족』의 습관 같은 건 거의 모르고."

데일은 그렇게 미리 말해 두고서 이야기를 계속했다.

"『마도구』는 마법을 쓸 수 없는 사람도, 속성이 맞지 않아도, 누구나 마력을 쓸 수 있도록 만들어진 도구야. 그리고『마도구』를 만드는 것,『마법 부여』능력이야말로『인간족』이 가진 종족 특성이지."

『마인족』이 전부 마법을 다룰 수 있는 것처럼 각『인족』은 각자『종족 특성』이라고 불리는 능력을 가지고 있었다.

등에 날개가 달린『익인족(翼人族)』이 하늘을 날 수 있는 것이나, 몸이 비늘로 덮인『수린족(水鱗族)』이 수중에서 호흡할 수 있는 것도『종족 특성』이었다.

신체 능력 그 자체에 큰 특징이 없는『인간족』의 능력은 도구를 만들고 이용하는 것이었다.

『인족』외에도 마법을 뛰어넘은 거대한 현상을 일으키는 데에는 이『종족 특성』이 크게 작용했다. 거대한 용족 등의 마수가 하늘을 날 수 있는 것도 그러했다. 마법 중에 비행 마법은 존재하지 않았다. 제공권은 이런『하늘』의『종족 특성』을 지닌 종족들이 차지하고 있었다.

"『인간족』의 특산품이니까 교류가 없는 지역에는 존재하지 않아. 뭐, 그런 거지."

"편리한데. 왜『마인족』, 다른 사람들과 사이좋게 지내지 않는 걸까?"

"……그러게. 왜일까."

데일은 그 이유 중 하나를 알고 있었지만 일부러 입을 다물었다.

폐쇄적인 종족에게는 어떤 경향이 있었다.

―그는 훗날 이 선택을 후회하게 된다.

†

라티나가 태어난 달은 여섯째 달이었다.

세계를 관장하는 신들이 일곱 존재하며 많은 이치가 일곱으로 나타나는 이 세계에서는, 1년 또한 7과 연관된 주기로 나뉘어 있었다. 즉 계절이 돌아올 때까지의 1년을 일곱의 두 배인 열넷으로 나눈 기간이 한 달이었다.

하루도 열넷으로 쪼개져 있는데 이쪽은 신의 이름을 따와서 마르의 시, 세기의 시 등으로 불렸다.

낮 시간대에 해당하는 쪽을 『표면』, 밤 시간대에 해당하는 쪽을 『이면』이라고 부르는 것도 일반적이었다.

새벽녘을 『표면 마르의 시』, 일몰시를 『이면 마르의 시』라고 부르며 해 질 녘을 『표면 세기의 시』, 일출시를 『이면 세기의 시』라고 부르는 것이 그러했다.

라티나의 생일 축하 선물은 클로에네 집에 부탁했다.

호적 제도가 확립되어 있지 않은 이 세계에서 『생일』이라는 것은 상당히 애매했다. 그래서 태어난 때를 축하하는 관습은 있지만 월 단위로 크게 묶어서 인식했다.

클로에네 집은 재봉 일을 했다. 자신의 가게가 없는 하청업이었지만 실력은 확실했다. 그래서 큰길에 있는 가게에서 그녀의 집을 지명하여 주문을 넣었다.

라티나가 옷을 만드는 공정에 관심을 가지게 됐다는 점도 이유 중 하나였다.

자신의 옷이 바느질되는 모습을 클로에게 부탁해 이따금 보러 가기도 한 모양이었다.

그 과정에서 라티나는 바느질의 기초를 배워 왔다.

클로에네 집에 그렇게까지 신세를 질 생각은 없었던 데일은 살짝 당황해서 답례품을 들고 인사하러 갔다.

하지만 클로에의 어머니는 웃으며 이렇게 말했다.

"라티나랑 같이 있으면 클로에가 멋진 모습을 보여 주려고 열심히 하거든요. 소질은 있는데 싫증을 잘 내서 제대로 연습도 안 하려고 했는데 말이에요. 우리가 더 고맙죠."

완성된 옷은 군데군데 꽃이 수놓인 연분홍색 원피스였다.

그런 나들이옷이 다 지어졌을 때 크로이츠는 여름을 맞이하고 있었다.

"「어둠 된 암흑이여, 내 이름하에 나의 바람을 이루어라, 열을 없애고 온도를 낮추라. 《온도경감》.」"

쩌저적 작게 소리를 내며 라티나의 눈앞에 있던 그릇 속 내용물이 얼었다. 그녀는 그것을 끝까지 지켜본 뒤 손에 든 주걱으로 내용물을 섞기 시작했다.

얼음을 만드는 행위는 『어둠과 물』의 복합 마법이기에 물 속성이 없는 라티나는 다룰 수 없었다. 하지만 온도를 낮춰서 얼린다는 행위 자체는 『어둠』 속성만 있어도 가능했다.

『어둠』 속성에는 『하강시키는』 성질, 『하늘』 속성에는 『상승시키는』 성질이 각각 포함되어 있기 때문이었다.

라티나는 데일에게 배운 간이식 마법을 자신이 쓰기 편한 방법으로 고쳐서 구사할 정도로는 생활 속에 마법을 접목하고 있었다.

여름이 된 뒤로 그녀가 즐겨 만들고 있는 것은 빙과류였다.

여러 재료를 사용해 매일 메뉴를 바꿔 가며 셔벗이나 아이스크림 같은 것들을 만들고 있었다. 물론 레시피는 케니스에게 배웠다.

케니스가 만들려면 마도구를 사용해 시간을 들여야 하는 공정도 라티나는 마법으로 순식간에 처리할 수 있었다.

마법사에게 적합한 조리라고도 할 수 있다.

평범한 『마법사』에게 굳이 그런 의뢰를 하는 사람은 없지만.

몇 번인가 얼리고 섞는 작업을 반복하여 목적했던 폭신폭신한 셔벗을 완성하자, 라티나는 신이 난 발걸음으로 그것을 들고 가게로 향했다.

"리타, 수고. 잠시 쉬어."

"고마워, 라티나."

카운터의 정해진 위치에서 서류와 씨름하고 있던 리타는 더위에 지쳐 보였다. 창문과 문을 활짝 열어 놓는다고 무조건 바람이 들어오는 것은 아니었다.

게다가 이 가게의 고객층은 보기만 해도 더위가 배가되는 남자들뿐이었다. 태어났을 때부터 이 장사를 접해 온 리타라고 해도 힘들어질 때는 있었다.

라티나가 열심히 만든 차가운 과자를 입에 넣고 리타는 솔직하게 행복한 표정을 지었다.

"아~ 맛있어. 케니스한테 부탁해도 가끔가다 만들어 줄 뿐인데. 고마워, 라티나. 정말 맛있다."

"천만에."

자신의 몫을 입에 넣고 라티나도 그 완성도에 미소 지었다.

"하지만 케니스가 만든 게 더 맛있어. 왜일까?"

"케니스도 아직 라티나에게 질 수는 없으니까 말이지."

살짝 불만스럽다는 얼굴을 하는 라티나를 보고 리타는 웃으며 대답했다.

"케니스도 열심히 노력하고 있는걸."

"응~?"

리타의 말에 라티나는 의아해 보였으나, 라티나가 이 가게에 오기 전까지 케니스가 과자를 만드는 일은 거의 없었다.

지금은 조그만 제과점이라도 하나 차릴 수 있을 만큼 레퍼토리를 넓힌 상태지만, 라티나를 위해 부지런히 새로운 레시피 개발에 힘쓰고 있다는 것을 아내인 리타는 잘 알고 있었다.

시치미를 떼고 있어도 이 작은 소녀의 존경을 받고자 매일 노력을 기울이고 있는 것이다. 리타도 그 어린애처럼 지기 싫어하는 행동을 올바르게 자신을 향상할 기회로 승화시키고 있는 남편의 그런 점이 싫지는 않았다.

"라티나는 음식을 딱히 안 가리더라. 근데 매운 건 잘 못 먹으려나?"

"매운 거, 아으아으 하게 돼. 후추 매운 건 조금이라면 괜찮아."

예전에 데일이 먹고 있던 매운 요리에 흥미를 느낀 라티나가 한 입 먹었다가 큰일이 났었다.

얼굴이 새빨개져서 컵에 든 물을 단숨에 들이켰지만 그래도 진정되지 않았고, 라티나는 물을 가지러 전속력으로 주방에 뛰어갔다.

하지만 그녀도 크게 동요한 상태였던지라 마도구로 물을 튼 것까지는 좋았는데 그릇을 준비하지 않았다는 사실을 그제야 깨달은 모양이었다. 뒤이어 어른들이 쫓아와서 봤을 때는 흐르는 물을 앞에 두고 빙글빙글 돌고 있는 라티나의 모습이 있었다.

가여웠지만 웃겼다.

"제일 좋아하는 건 뭐야? 달걀 요리인가?"

"라티나 달걀 좋아. 촉촉한 편이 더 좋아. 치즈나 크림소스도 좋아."

라티나가 이곳에 처음 왔을 때 케니스는 그녀에게 영양이 풍부하고 먹기 편한 달걀 요리를 자주 해 주었다.

그 영향이 큰 것 같았다.

"빵이 촉촉해진 것도 맛있지만 오믈렛도 맛있어."

프렌치토스트는 지금도 그녀의 단골 아침 메뉴였다.

"라티나는 고향에선 뭘 먹었어?"

"응~?「***」라든가「******」."

해당하는 단어가 없었는지 라티나 입에서 나온 것은 고향 말이었다.

"……으음. ……무슨 맛이야?"

"그게…… 별맛 없었어. 그것뿐이었으니까. 케니스가 해 준 밥 깜짝 놀랐어. 다양한 게 잔뜩 맛있어."

말문이 막힌 리타를 개의치 않고 라티나는 방긋 웃었다.

"그래서 라티나, 맛있는 밥 만들고 싶어. 맛있는 밥, 행복해."

†

"이 계절에 검은 롱 코트라니, 진짜 난 바보가 아닐까 매년 생각해."

"그 말, 풀 플레이트 메일을 장비한 중갑 전사 앞에서 한번 해 봐."

모험가로서 오늘도 마수 토벌 의뢰를 처리하고 온 데일이 『춤추는 범고양이』로 돌아오자마자 축 늘어져서 말했다. 케니스는 유리잔에 차가운 물을 가득 따라 주면서 어이없다는 목소리로 대답했다.

데일의 코트는 마력을 띠고 있어서 웬만한 갑옷보다 훨씬 가벼운 데다가 방어력도 뛰어났다. 칼날이 통하지 않는 소재로 만들어진 상의와 같이 입으면 그 몸을 충분히 지켜 주는 훌륭한 방어구였다.

하지만 그래도 여름철엔 덥다. 더운 건 더운 거였다.

"데일, 다녀오셨어요. 차가운 거, 먹어."

"응, 다녀왔어, 라티나. 고마워."

지금까지 짓고 있던 불쾌한 표정을 냉큼 집어넣고 데일은 웃어 보였다. 라티나가 든 쟁반 위에는 빙과가 올려져 있었다.

"……최근 라티나 너 이거 자주 만드는데, 마법을 너무 써서 힘들다거나 하진 않아?"

마력의 소비는 눈에 보이는 형태로는 나타나지 않는다. 피로감이나 권태감 같은 증상으로 자각할 수 있었다. 마법을 과하게 쓰면 머지않아 마력을 가다듬는 것도 불가능해질 만큼 집중력을 잃는다. 혼절하는 일도 있기에 자신의 마력 소비 한계를 파악하는 것은 특히 전쟁터에서는 중요한 사항이었다.

그래서 데일은 그릇을 받으면서 물어보았고 라티나는 고개를 끄덕였다.

"괜찮아. 몇 번 했더니 원하는 곳만 얼리는 법 알았어."

"……그래?"

그가 평소에 라티나에게 보여 주는 표정과는 다른 진지한 얼굴인 것을 보고 케니스는 의아한 생각이 들었다.

"데일, 왜 그래?"

"아니…… 마인족은 다들 이렇게 마력 제어에 뛰어난가? ……라티나, 벌써 범위 지정 제어를 마스터한 모양이야."

"……그렇게 대단한 거냐?"

케니스는 순수한 중갑 전사였기에 마법 자체에는 정통하지 않았다.

"이론도 배우지 않은 아이가, 실전을 거쳐서 경험을 통해 마법의 효과 범위를 좁히고, 마력과 위력을 효율적으로 사용하고 있어. ……확실히 『그런 것이 가능하다』는 건 가르쳐 줬지만 말이지. 방법을 알려 준 건 아니야."

케니스가 물끄러미 라티나를 보자 그녀는 의아하다는 얼굴로 마주 보았다.

"주문식도 내가 가르친 간이식이 아니라 원래 알고 있던 치유 마법 주문식에 맞춰서 정교한 술식을 짜고 있어. 원래대로라면 제어 부하가 커질 텐데 말이지."

"데일, 가르쳐 줬으니까 라티나, 배웠어. 전에는 화악~ 하고 마력 잔뜩 펼쳐졌어. 지금은 여기, 하고 마력 거기에만 써. 편해졌어."

"……이거 봐."

"그러게. 천재일지도 몰라. 원래 라티나는 뭐든 빨리 배우잖아."

"그래?"

데일의 반응에 케니스는 「뭘 새삼스럽게.」라는 얼굴이 되었다.

"요리도 청소도, 최근에는 바느질도 하던가? 라티나는 하나를 가르치면 열을 알아. 오히려 이렇게 뭐든 잘하는 애가 **지금까지 아무것도 못 했던** 환경에 있었던 게 이상하다고."

"뭐?"

"그야 그렇잖아? 이렇게 배우는 게 빠른 라티나가, 왜 지금 이때까지 마법도 집안일도 제대로 배운 흔적이 없는 건데? 이 아이라면 『가르치지 않아도 잘할 수 있을 텐데』말이야. 아무리 다른 종족이라고 해도 그렇게 큰 차이는 없을 거 아니야."

라티나는 이 가게에 처음 왔을 때부터 기본적인 일은 스스로 잘했다. 하지만 그에 반해 다른 것은 압도적으로 할 수 있는 일이 적었다. 케니스는 칼을 쥐는 법이나 행주 짜는 법을 자상하게 기초부터 알려 주었다.

마인족이더라도 그런 실생활과 관련된 동작이 크게 차이가 있으리라고는 생각하기 어려웠다.

"그러네……."

듣고 보니 그 말대로였기에 대답할 말이 없었다.

어른들이 자신을 바라보자 라티나는 갸웃, 언제나처럼 고개를 기울였다.

"왜에?"

"아무것도 배울 수 없는 환경에 있었거나, 스스로 아무것도 하지 않아도 되는 환경에 있었거나……겠지."

"응? 라티나 얘기야?"

"그래. 라티나는 태어난 곳에서 이런 식으로 누가 뭘 가르쳐 주는 일이 없었어?"

"응…… 라티나는 있지. 아직 정해지지 않았었어."

잘 이해할 수 없는 대답이 라티나에게서 돌아와, 이번에는 어른들이 고개를 갸우뚱했다.

"뭐가 『정해지지』 않았었는데?"

"라티나도 잘 몰라. 하지만 리…… 아니야. 라티나 아무것도 몰라."

뭔가를 말하려다가 퍼뜩 놀라서 양손으로 입을 막은 라티나는 그대로 고개를 휘휘 저었다.

이렇게 됐으니 이 아이는 더 이상 입을 열지 않을 것 같다고 케니스와 데일은 눈짓을 주고받았다.

이 작은 아이는 이래 봬도 꽤 완고했다.

어째서 모습을 살피러 갔느냐고 묻는다면 케니스는 대답하기 곤란해할 것이다.

그 직전에 보았던 라티나의 안색이 아주 나빴기에 걱정되었다는 점이 컸다.

그래서 평소라면 흘려듣고 말았을 작고 이질적인 소리를 알아챌 수 있었다.

그때 데일은 알고 있던 사실을 함구했다.

라티나에게 상처 주고 싶지 않다는 생각에서 나온 행동이었다.

그것은 반대로 말하자면 그녀가 상처받을 사실이라는 것을 충분히 알고 있었다는 말이기도 했다. 보호자라면, 그녀의 보호자를 자칭한다면, 눈을 돌려서는 안 됐다.

라티나는 아주 똑똑한 소녀다.

그러나 아직 매우 어린 소녀였다. 사고도 감정도, 아직 그 영리함에 상응할 만큼은 성장하지 않은 상태였다.

조짐은 있었다.

사전에 막을 수 있었다면 확실히 『베스트』였다.

작긴 했지만 확실하게 움직이기 시작했다. —이 사건은 그녀의 운명을 결정지은 작지만 확실한 계기였다.

✝

크로이츠는 가을을 맞이하고 있었다.

라티나는 친구들과 함께 마을 중심부에 있는 『노랑 신^{아스파르}』의 신전에
병설된 학교에 다니기 시작했다.

『노랑의 신^{아스파르}』은 학문을 관장하는 신이다. 크로이츠처럼 어느 정도
큰 도시에는 어디든지 신전이 있어서 취업 전인 아이들에게 최저한
의 교육을 베푸는 일을 맡고 있다.

크로이츠의 경우에는 여덟 살이 되는 해의 가을부터 2년간이 교
육 기간으로 할당되어 있었다.

라반드국의 문맹률은 도시에 사는 사람들만 따지자면 높은 편은
아니었다.

마을 안에서 『정보』는 글로 표시된다. 장사꾼들뿐만 아니라 노동
자나 모험가들에게도 필요한 능력이었다.

"라티나, 왠지 기운 없다?"

"아니야. 괜찮아. 쌩쌩해."

학교에 갈 준비를 하는 라티나의 표정이 가라앉아 있는 것을 보
고 데일이 의아한 얼굴을 했다.

하지만 라티나는 이내 표정을 고치고 미소를 만들었다.

그녀가 처음 학교에 다니기 시작했을 때는 매일 정말 즐거워 보였

다.

『새로운 것을 배우는 것』 자체가 즐겁다고, 데일에게도 신이 난
모습으로 보고했었다.

그랬던 것이 요 며칠 이상했다.

라티나를 꼭 끌어안자 그녀는 이상하다는 표정을 지었다.

"요즘…… 학교에서 뭔가 이상한 일이라도 있어?"

움찔, 라티나의 몸이 작게 떨렸다.

아래를 보자 작은 목소리로 대답했다.

"……새로운 여자 선생님이 왔어."

"그 녀석이랑 무슨 일이 있었던 거야?"

"아니. 다들 예전 선생님 쪽이 공부 재밌다고 하지만, 그뿐이야."

『그뿐』이라고는 도저히 여겨지지 않는 라티나의 모습을 보고 데
일은 눈썹을 찡그렸다. 그러나 꽤 고집스러운 라티나의 입을 여는
것은 쉽지 않은 일이었다.

"라티나. 걱정 끼치는 건 나쁜 일이 아니야. 난 정말로 네가 소중
하니까…… 제대로 어리광 부려 줘."

"데일…… 괜찮아. 라티나, 선생님이 살짝…… **무서울** 뿐이니까."

—이때 좀 더 신경 썼어야 했다. 나중에야 데일은 그렇게 생각했다.

『춤추는 범고양이』에서 지내며 우락부락한 모험가들을 대할 때
조차 언제나 웃는 얼굴로 겁내지도 않았던 라티나가 『무서워하는』
의미를 생각했어야 했다.

날이 갈수록 라티나는 더더욱 가라앉은 모습을 보였다.

친구들과 지내는 시간은 즐거운 모양이었다. 새로운 친구도 생겼다고 한다. 매일 그렇게 보고했다.

하지만 라티나는 『선생님』에 관해서만은 언급하려 하지 않았다.

그녀 자신이 거북하게 여겨서 피하고 있는 것일지도 모른다.

그런 식으로 어른들이 막 생각하던 때였다.

새파래진 얼굴로 라티나가 돌아왔다.

지독한 모습이었다.

평소처럼 맞이한 케니스가 할 말을 잃을 정도로.

쓰러져 버리는 것이 아닐까 싶을 만큼 안색은 나빴고, 옷과 머리는 흐트러져 있었으며, 한쪽 리본은 풀리다 만 상태였다.

그러나 그것 이상으로 케니스의 정신을 번쩍 들게 한 것은 그녀의 표정이었다.

망연자실한 듯한.

소중한 것을 전부 잃어버리고 만 듯한.

라티나의 『절망』한 표정.

─케니스가 처음 라티나와 만났을 때부터 이 아이는 미소를 보여 주었다.

숲 속에서 유일한 버팀목인 육친을 잃었으나, 그래도 홀로 살아 있던 소녀.

어른도 견디지 못할, 어린 그녀가 짊어져서는 안 될 힘들고 슬프고 괴로운 마음을 껴안고서도 라티나는 웃고 있었다.

그 라티나가 마음 깊숙한 곳에 숨기고 있던 『연약한 부분』을 겉으로 드러내고 있다— 순간적으로 그런 생각이 떠올랐다.

"라티나……? 무슨 일 있었어?"

케니스의 목소리에 라티나는 크게 몸을 움찔거리고서 울음을 터뜨릴 것처럼 확연하게 얼굴을 일그러뜨렸다. 하지만.

"……아무것도, 아니야."

쥐어짜는 목소리로 그렇게 대답하고서 라티나는 획 등을 돌려 계단을 올라갔다.

—데일이었다면 이러쿵저러쿵 묻지 않고 그녀를 끌어안아 몸도 마음도 충만해질 때까지 응석을 받아 주어 라티나를 무너뜨렸을 것이다. 상처받은 이유 따위 나중 문제고, 과할 정도로 애정을 쏟았으리라.

일 때문에 출타해 있지 않았더라면 데일은 그렇게 했을 것이 틀림없었다.

케니스가 아니라 데일이 맞이했더라면 다른 결말이 되었을 것이다.

머리 위에서 『이상한 소리』라고밖에 말할 수 없는 소리를 케니스가 들은 것은 그로부터 그다지 시간이 지나지 않은 뒤였다.

과거에 들어 본 적 없는 둔탁한 소리.

공기가 무겁게 흔들린 느낌이 들었다.

그저 불길한 예감이 드는 소리였다.

반사적으로 케니스는 계단을 뛰어 올라갔다.

2층을 지나 다락방에 들어섰다.

그곳에 라티나가 쓰러져 있었다.

창문으로 들어오는 빛만 가지고 살피기에는 다락방은 어두침침
했다.

그녀에게 무슨 일이 일어났는지 순간 이해할 수 없었다.

한 발자국 다가간 케니스는 라티나의 머리가 피 웅덩이 안에 있
다는 것을 깨달았다. 백금색 머리카락이 선혈에 물들어 있었다.

"라티나!"

예전에 하던 일이 일이다 보니 피도 상처도 많이 보아 익숙했지
만, 그런데도 케니스가 동요한 것은 이곳에 있는 사람이 『라티나
뿐』이었기 때문이다. 이것은 『라티나 스스로』한 일이 된다.

케니스는 근처에 있던 깨끗한 천 ─ 데일의 방에서 가져왔다 ─
으로 그녀의 『상처 자리』를 꽉 누르면서 라티나를 안아 올려 계단
을 뛰어 내려갔다.

순식간에 천이 빨갛게 물들었다.

누르는 것 정도로는 출혈이 약해지지조차 않았다.

한시라도 빨리 회복 마법을 걸든가─ 아니면 그녀의 『상처 자리』
를 불로 지져서 막는 것 말고는 방법이 떠오르지 않았다.

라티나는 자신의 남아 있던 『뿔』을 스스로 부러뜨렸다.

『마인족』의 상징이기도 한 그 부위에는 혈관도 신경도 지나고 있었다.

딱딱하고 거친 인상을 주는 겉모습에 비해 섬세한 기관이었다.

손상되면 격통이 엄습하고 대량으로 피도 흘러나온다.

의식이 없는 라티나는 축 처진 상태로 움직이지 않았다.

케니스는 『춤추는 범고양이』 점내에 라티나를 안은 채 뛰어 들어갔다.

케니스의 무시무시한 모습을 보고 가게에 있던 리타와, 잡담 중이던 단골손님들이 깜짝 놀랐다.

"무슨 일이야, 케니……."

"이 중에 회복 마법 쓸 수 있는 녀석 없어?!"

케니스의 말뜻을 이해한 것과, 그의 팔 안에 있는 라티나가 핏빛으로 물들어 있다는 것. 알아챈 것은 어느 쪽이 먼저였을까.

"라티나?!"

"아가씨가 다쳤어?"

리타가 비명을 질렀다. 기가 센 그녀답지 않게 얼굴이 하얗게 질려 있었다.

수염 난 단골손님은 덜컹 소리를 내며 의자를 박차고 일어나 자신의 일행을 앞으로 밀어냈다. 케니스 앞으로 달려온 나이 든 남자는 라티나의 머리로 손바닥을 내밀었다.

"내 마법으로는 대단한 치료는 불가능해."

"상관없어. 아무튼 피를 멈춰 줘."

치유 마법을 쓰자 멈추지 않던 피의 기세가 약해졌다.

케니스는 그 사이에 리타 쪽을 보았다.

"혹시 모르니 『남색 신』의 신전에 있는 치료원으로 데려갈게. 데일이 돌아오면 그렇게 전해 줘. 주점은 오늘 휴업이야."

"아, 알겠어. ……케니스! 라티나한테 무슨 일이 있었던 거야?"

"나도 자세한 건 몰라. 어쨌든 지금은 치료가 먼저야. 다녀올게!"

라티나를 고쳐 안고 케니스는 『남색 신』의 신전 쪽을 향해 힘껏 달리기 시작했다.

―나중에 알게 된 사실이었다.

라티나에게는 『자신을 해할 존재』를 막연하게 감지하는 능력이 있다고 한다. 그것이 『그 숲』 속에서 어린 라티나가 혼자서 살아남을 수 있었던 이유였다.

―독을 품은 동식물도 많은 그곳에서 그녀는 『먹어도 괜찮은』 것을 구분할 수 있었다.

―자신에게 위해를 가할 짐승이 다가오기 전에 몸을 숨길 수 있었다.

―데일과 만났을 때, 그는 자신을 해하지 않으리라고 느꼈다.

모든 것은 무의식중에 그 능력이 이루어 낸 일이었다.

―라티나는 『본능적』으로 자신의 『적』을 간파한다.

그녀의 그 『본능』은 **이번에도** 똑바로 작용하고 있었다.

†

데일이 『노랑 신^{아스파르}』의 신전으로 향한 것은 『사건』이 일어나고 사흘이 지난 뒤였다.

항상 입는 가죽 코트도 평상복 셔츠도 아닌, 고급스러운 검은 옷을 입고 있는 것은 그것 또한 그에게 『전투복』이기 때문이었다.

목에 걸고 있는 『성인(聖印)』도 평소에는 하지 않는 것이었다.

복잡한 디자인으로 상당히 정교하게 만들어진 『성인』은 신전에서의 지위를 나타내는 물건이다. 그저 가호를 받은 자임을 나타내기만 하는 것이 아니었다. 신전에서의 신분에 따라 사용되는 재료도 엄격히 정해져 있었다. 아는 사람이 본다면 이것만으로도 그가 『신전』에서 상당한 지위에 있다는 사실을 알 수 있을 것이다.

이 크로이츠 마을에서 『노랑 신^{아스파르}』의 신전을 맡고 있는 중년 여사제도 그를 알고 있었다.

현 재상인 공작 각하와 깊이 연관된 모험가.

그러나 『신전』은 국가 권력과 분리되어 치외 법권을 인정받은 독립된 기관이었다.

라반드 국내에 있다고는 하지만 왕가나 공작가에게 명령받을 입장은 아니었다.

현실적으로는 어렵긴 했으나 적어도 원칙상으로는 그러했다.

데일도 그것은 알고 있었다.

그렇기에 그는 오늘 『공작가에서 키운 모험가』로서가 아니라, 『고위 신관의 지위를 지닌 자』로서 『노랑 신』의 신전을 찾아왔다.

그는 원래 자신이 『가호』를 지녔다는 사실을 선전하며 돌아다니는 것을 좋아하지 않았다. 좋아서 가지고 태어난 능력이 아니라는 감정이 있기 때문이었다.

데일이 지닌 『가호』 ─ 신이 연약한 『사람』에게 주는 기적의 힘 ─ 는 『노랑 신』의 것이 아니었지만, 다른 신이 주었다고는 해도 『신의 가호』를 지닌 자를 각 신전은 험하게 다룰 수 없었다.

신들은 모두 대등하며 나란히 늘어선 존재이기 때문이다.

게다가 데일의 『가호』는 상당히 고위였다. 가호의 강한 정도가 곧 높은 지위를 의미하지는 않지만, 신이라는 경외할 존재를 섬기는 자로서 신의 총애를 상징한다고도 할 수 있는 가호가 강하다는 것 역시 경외할 지침이었다. 그리고 『가호』의 힘이 강한지 약한지 모르는 『신관』은 없었다. 잡무로 고용된 자들같이 어지간히 신분이 낮지 않은 한 신전에 있는 자는 모두 『가호』를 지니고 있었다.

본디 『신전』이라는 조직은 『가호』라는 남다른 능력을 가진 자들을 한데 모아 지키기 위한 시설로써 설립된 것이 발단이었다. 『신관』은 『가호』를 지닌 자에게만 허락된 직업이었다.

"제가 왜 이곳을 찾아왔는가. 새삼 말씀드릴 필요는 없겠죠. 제게는 일의 경위를 들을 권리가 있다고 생각합니다만."

"아…… 예. 그렇지요."

책임자인 그녀에게도 보고는 올라와 있었다.

눈앞에 있는 청년이 보살피고 있는 『마인족』 소녀가 이 신전이 운영하는 학교에 올가을부터 다니고 있다는 것.

그리고 그 소녀에게.

이 신전의 『신관』이 행한 어리석은 짓에 관해서도.

"저는 원래 누가 무슨 주의를 내걸며 살든 그걸 부정할 생각은 없습니다. 『인간족 절대주의』자도 드문 건 아니죠. ……하지만 이 크로이츠라는 도시에서 지내는 자에게 주장하기에는 상당히 협소한 견해를 피력한다 싶습니다만."

"……옳으신 말씀입니다."

"여행자와 유통으로 성립하는 이 마을에서는 어떤 직업에 종사하는 자든지 다른 종족과 관계가 깊습니다. 그런 당연한 사실을 설마 『노랑의 신』을 섬기는 자가 모를 리 없을 텐데요."

표면상으로는 데일에게 분노의 감정은 없었다.

그러나 그는 이런 식으로 감정이 잔잔해 보일 때일수록 끝을 알 수 없는 두려움을 느끼게 하는 남자였다. 초면인 사제도 등에 식은 땀이 흐르는 것을 느꼈다.

아무리 고위 신관이더라도 거대한 괴물이나 마수를 도륙하는 패기 같은 것을 체험할 기회는 많지 않았다.

"아이들 앞에서 『마인족』이라는 『종족』을 우롱하며 이유 없는 폭언을 쏟아 주신 모양이더군요. 그게 최근 『노랑 신』의 견해입니까?"

"……『그녀』는 마인족의 생활 구역과 인접한 토지 출신이라……

그들과의 다툼으로 친척을 잃었습니다. 그래서……."

"그런 이유가 있으면 아무 죄도 없는 소녀를 『괴물』이라 매도해도 된다는 것이 『신전(아스파르)』의 주장입니까? 새로운 해석이군요."

"아니요, 당치도 않습니다……."

이마에 맺힌 땀을 닦으면서 사제는 말을 찾았다.

방금 그 한마디로 눈앞의 청년은 이미 『무슨 일이 일어났는지』 자초지종을 알고 있다는 사실을 나타내고 있었다.

데일이 이곳에 오기까지 사흘 동안 아무 일도 하지 않고 보냈을 리가 없었다.

라티나의 용태가 걱정되어 떨어지고 싶지 않기도 했다. 하지만 그는 동시에 그녀에게 무슨 일이 일어났는지를 조사하고 있었다.

라티나의 친구에게 이야기를 듣기만 한 것이 아니었다. 정보 수집 전문가인 리타의 협력을 얻었고, 게다가 클로에의 엄마 등을 통해 거리의 소문도 모았다. 모아들인 정보를 대조하고 검토하여 검증도 끝낸 상태였다.

그 정보를 통해 데일은 일련의 사건을 상당히 정확하게 파악하고 있었다. 데일은 라티나에 관해서는 꽤 감정적이 된다는 인상이 강하지만, 오히려 미친 듯이 화가 났기에 그의 머릿속은 차갑게 식어 있었다. 그렇지 않으면 『일류』라고 불리는 영역에는 이르지 못한다.

『사건』은 이런 식으로 일어났던 모양이다.

라티나와 아이들을 가르치고 있던 여신관은 이웃 나라와 인접한 마을에서 얼마 전에 막 부임해 왔다고 한다.

아이들은 그녀를 「항상 꽥꽥 소리 지르는 사람」이라 칭하고 있었다. 본인에게 그럴 생각은 없을지도 모르지만 아이들은 그런 면에 민감하며 말을 가리지도 않았다.

라티나는 처음부터 그 여신관에게서 거리를 두었다고 한다. 그녀는 교사 역을 맡았던 이전 신관은 잘 따랐고, 라티나가 누군가에게 그런 태도를 보인 적 자체가 지금까지 없었던 일이었다.

친구들도 경계는 하고 있었다는 모양이다.

—그리고 그날.
그 여신관은 라티나의 『뿔』을 알아챘다.

"『마인족』······."
낮게 중얼거리고 라티나의 머리카락을 잡아챘다. 리본에 가려져 있던 그녀의 반들반들한 뿔이 드러나자 증오스럽다는 목소리로 말을 토했다.

"어째서 『사람』의 마을에 불쾌하기 짝이 없는 너 같은 **생물**이 있는 거야!"

"읏! **생물**이라니······."

"『인간족』 이외의 『**아인(亞人)**』이 『사람』일 리가 없잖아!"
너무나도 당연하다는 것처럼 단언했다.

그리고서 할 말을 잃고 멍하니 있는 라티나에게 더욱 독기 어린 말을 내뱉었다.

"괴이하게도 100년도 넘게 똑같은 모습으로 살아가는 『괴물』이 『사람』일 리가 없잖아!"

자신의 말이 전혀 틀리지 않았다고 굳게 믿고 있는 얼굴로, 여신 관은 이 상황에 곤혹스러워하는 아이들에게 소리 높여 고했다.

머리카락을 붙잡힌 채 움직이지도 못하는 라티나를, 사냥감을 과시하는 것처럼 앞으로 쭉 내밀었다.

"『인간족』이외의 **아인**은 『사람』이 아닙니다. 이처럼 괴이한 모양 의 증표를 가지고 수명의 형태조차 『사람』과 다른 괴물입니다. 여러 분, 속아서는 안 됩니다!"

─『인간족』은 비율로 따지면 압도적으로 다수를 차지하는 종족 이다. 그 때문인지 때로는 『폐쇄적인 종족』보다 더 『폐쇄적』인 사고 를 지닌 자도 적지 않았다.

『인간족』이야말로 유일한 『사람』이며 다른 종족을 『아인』이라 칭 하는, 『인간족 절대주의』라 불리는 사고방식도, 슬프지만 소수파라 고 잘라 말할 수는 없었다.

따라서 그런 의미에서 보자면 여신관은 자신의 사상을 설파했을 <small>그녀</small> 뿐이라고도 할 수 있었다.

그러나 『크로이츠』에서는 그것이야말로 이단이었다.
<small>이 마을</small>

아이들의 마음속에 스친 혐오도 깨닫지 못하고 여신관은 더욱

크게 외쳤다.

"특히 『마인족』은 『마왕』에게 소속된 사악하고 비열한 생물! 결코 방심해서는 안 됩니다. 이렇게 정체를 숨기고 『사람』의 마을에 숨어 들어 있는 것이 가장 확실한 증거예요!"

"꺄악!"

머리카락이 더욱 세게 당겨져서 안색이 새파래진 라티나가 비명을 지른 것이 신호탄이었다.

클로에가 책상 위 석판 — 각 학생이 필기용으로 쓰고 있는 칠판 형태의 물건 — 을 힘껏 내던졌다.

여신관에게 맞지는 않았으나 벽에 부딪힌 그것이 큰 소리를 내며 부서졌다.

"무슨 짓인가요?! 위험하잖아요!"

클로에의 행동에 정신이 팔려 여신관의 손이 느슨해지자 라티나가 바닥에 털썩 주저앉았다.

안토니와 마르셀이 서로 눈짓을 주고받은 뒤 라티나를 도우러 가기 위해 움직였다.

그 순간 루디가 책상을 발로 찼다.

커다란 3인용 책상이라 아이 한 명의 힘으로는 살짝 덜컹이는 정도가 한계였지만, 여신관^{그 여자}의 관심을 끄는 데는 충분했다.

"그만하세요! 무슨 짓을 하는 겁니까!"

고함을 지르는 모습을 보고 교실에 있던 아이들에게 혐오뿐만이 아니라 공포가 번졌다.

눈을 치켜세우고 날카롭게 소리치는 그 여자의 모습과, 모두의 친한 친구인 가련한 소녀가 울 것 같은 얼굴로 웅크린 모습.

아이들에게 어느 쪽이 『괴물』일지는 비교할 필요도 없는 일이었다.

루디가 다시 책상을 차리던 순간 클로에가 타이밍을 맞춰 반대쪽 끝을 찼다.

이번에야말로 큰 소리를 내며 책상은 바닥에 넘어졌다.

"그만하세요! 그만해요!"

한번 요령을 터득한 두 사람에 의해 차례차례 책상이 넘어가자 여신관은 더더욱 새된 목소리로 소리쳤다. 아이들 몇 명이 울기 시작했다. 그 소리조차 짜증 나는지 더욱 크게 외쳤다.

"그만해요! 그만해요!! 그만해요!!"

격렬한 소리와 심상치 않은 분위기에 다른 신관들이 급히 달려와서 본 광경은.

폭풍이 휩쓸고 지나간 듯한 교실의 참상과, 겁먹고 우는 아이들.

그리고 중앙에서 귀신같은 형상으로 고함치는 『자신들의 동료』와 그 『동료』로부터 새파래진 소녀를 감싼 채 노려보고 있는 아이들의 모습이었다.

"선생님……."

달려온 신관들에게 잡혀 교실 밖으로 끌려 나가면서도 꼴사나울 만큼 아우성치고 있는 『교사라는 입장이었을 여자』를 바라보면서, 조금 전까지 자신들의 담당 교사였던 신관을 불러 세운 라티나의 안색은 지독했다.

"뭐가 달라? 라티나…… 『마인족』은 모두와 뭐가 다른 거야?"

"……라티나 양. 다르다뇨, 그렇지……."

"수명이 다르다는 게 뭐야? 100년 산다는 건 무슨 말이야? ……모두와 달라?"

비통한 목소리에 신관은 눈썹을 찡그리고 슬픈 표정을 지었지만 거짓말은 하지 않았다.

무릎을 굽혀 작은 라티나와 시선을 맞췄다.

"……『인간족』과 『마인족』의 가장 큰 차이는 외모가 아닙니다. 『마인족』은 『인족』 중에서도 장수하는 종족이에요. 『인간족』보다 배는 더 긴 세월을 사는 종족이죠."

라티나의 회색 눈동자가 크게 뜨였다.

라티나는 그 말뜻을 정확히 이해할 정도로는 똑똑한 소녀였다.

충격받은 모습을 숨기지 않고 라티나는 귀갓길에 올랐다. 걱정하는 친구들의 목소리도 들리지 않는 듯했다.

—그리고 마법을 써서 스스로 『뿔』을 부러뜨린 것이다.

데일이 집으로 돌아와 사건을 알게 됐을 때, 라티나의 치료는 이미 끝난 뒤였다.

『남색의 신(닐리)』은 『삶과 죽음』을 관장한다. 그래서 『남색 신(닐리)』의 신전에서는 의료 기술이나 병리학, 약학 등을 연구했다. 또한 치료원을 만든다는 형태로 그 연구 성과를 서민들에게도 환원하고 있었다.

케니스는 라티나를 안고서 이 치료원에 달려왔었다.

다행히도 생명에 별다른 지장은 없었다. 발견이 빨랐고 초기 치료가 좋았던 것이 주효했다.

아무리 『마인족』이 튼튼한 종족이라고는 해도 아직 어린 라티나의 작은 몸에서 대량으로 출혈이 일어났다면 돌이킬 수 없는 일이 될 수도 있었다.

치료원으로 급히 달려온 데일 앞에 핏기를 잃고 창백해진 얼굴로 라티나가 침대에 누워 있었다.

의식은 돌아왔으나 어딘가 공허하고 생기 없는 눈동자가 타인의 기척을 느끼고 느릿하게 움직였다.

거친 숨을 몰아쉬며 멍하니 그 자리에 서 있는 그의 모습을 보자 회색 눈동자가 출렁였다.

"……데일……."

잠긴 목소리로 천천히 그의 이름을 불렀다.

라티나가 자신의 이름을 불러 준 것에 안도하면서, 데일은 침대 끝에 앉아 몸을 굽혔다.

"라티나…… 어째서, 이런……?"

떨리는 목소리로 중얼거리며 라티나의 뺨을 손으로 쓸어내리자 그녀는 표정을 일그러뜨렸다.

"으…… 으아…… 아……."

의미를 이루지 못하는 소리를 내고 뚝뚝 눈물을 흘렸다.

"라티나…… 아파?"

걱정스러워하는 목소리에는 대답하지 않고.

데일의 손을 힘주어 꽉 잡으며 흐느꼈다.

싫다고 도리질하는 것처럼 고개를 흔들었다.

"필요 없어……! 필요 없어……."

울음소리 사이로 가끔씩 그런 통곡이 들려왔다.

"라티나?"

"『마인족』의 증표, 같은 거, 필요 없어……! 라티나, 『뿔』 같은 거, 없었으면 좋았을 텐데!"

라티나의 말에 당황한 데일은 이때 아직 그녀에게 무슨 일이 일어났는지는 알지 못했다.

그러나 심상치 않은 라티나의 모습을 보고 섣불리 혼내서는 안 된다고 헤아렸다.

"라티나…… 라티나. 왜 그래? 무슨 일이 있었어?"

"싫어…… 어째서? 왜 라티나『마인족』이야? 라티나, 『마인족』의 **장소**에서 살 수 없는데……『마인족』은 라티나 필요 없는데……! 라티나, 소중히 대해 준 거, 있어도 괜찮다고 말해준 거『인간족』인데……!"

이렇게나 혼란스러워하는 라티나의 모습은 처음 보았다.

이때까지 데일 앞에서는 자신의 본심이나 약한 소리를 숨기는 경향이 있었던 라티나의 비통한 외침이 병실 안에 울렸다.

"왜, 라티나의 시간만, 달라?

모두가 죽은 뒤에도, 라티나만…… 혼자 남는다니, 싫어……!"

그 외침을 듣고 데일은 라티나가 무엇을 알았는지 직감적으로 이해했다.

그녀는 『마인족』과 『인간족』이 수명이라는, 『타고난 시간의 길이』가 다르다는 사실을 알게 된 것이다.

"싫어어…… 싫어…… 라티나, 왜, 왜……? 『마인족』이 아니었으면 좋았을 텐데……!

모두와 함께 있을 수 없다니, 싫어…….

이제 혼자가 되고 싶지 않은데…… 라티나만, 남는다니, 더는 싫은데……!

데일과도, 친구들과도, 라티나 계속 함께 있고 싶은데……!

모두가 없는 시간에 외톨이가 되는 건, 이제 싫어……."

─라티나가 상처 입고 절망한 것은 자신에게 직접 향했던 『악의』 때문이 아니었다.

『사실』─ 뒤집을 수 없는 『종족의 차이』라는 『사실』 때문이었다.

데일은 예전에 이 『사실』을 그녀에게 알려 주지 않았다.

『인족』 중에서 『폐쇄적』인 경향이 있는 『종족』의 공통점은 『장수종』이라는 점이었다.

사는 시간의 길이가 다르다는 것은 큰 가치관의 차이를 만들어 낸다.

『인간족의 10년』과『마인족의 10년』은 체감 시간도 가치도 다르다.

원래부터 가진 것의 절대치가 다른 이상, 서로 다가서는 일이 어렵기도 했다.

"라티나…… 미안해……."

사과하는 것은 올바른 행동은 아니리라. 그래도 순간적으로 입 밖으로 나온 것은 그런 말이었다.

흐느끼며 우는 라티나를 안아 올려 단단히 끌어안았다.

부드러운 라티나의 머리카락에 뺨을 가까이 대고, 아직 희미하게 핏자국이 남은 그녀의『상처 자리』를 손끝으로 어루만졌다.

"괴롭게 해서…… 미안해, 라티나……."

어색하지만 그래도 다정하게 등을 쓸어내렸다.

숨 쉬는 것조차 괴로운 듯이 그 작은 몸으로 힘껏 외치며 울고 있는 소녀의 고통이 아주 조금이라도 나아지도록.

†

데일이 라티나에게 일어난 일을 안 것은 그 뒤였다.

자신이 이야기를 뒤로 미룬 탓에 그녀가『최악의 타이밍』에 종족의 차이라는『사실』과 직면했다는 것을.

그녀가 자해에 이용한 것이 그가 가르쳤던 공격 마법이라는 ─ 라티나는 그 유례를 찾아보기 힘든 탁월한 제어 기술로, 원래대로 라면 견제 정도밖에 안 되는 위력의 공격 마법을 한 점에 집중시켜 훌륭하게 뿔을 부순 것이다 ― 그 사실을.

―그래서 **이것**은 반쯤 화풀이였다.

그는『자기 자신』에게도 짜증과 화를 느끼고 있었으니까.

데일은 그렇게 생각하며 눈앞에서 땀을 닦고 있는 나이 든 여사제를 똑바로 바라보았다.

스스로도 싸늘하다는 것을 알고 있는『미소』를 만들었다.

"소문으로는『전에 계시던 마을』에서도 비슷한『사건』을 일으키셨던 것 같더군요."

사제의 안색이 점점 더 나빠졌다.

이 마을 사람은 모를 정보였다. 무리도 아니었다.

누구를 적으로 돌렸는지 마음 깊이 새겨 두지 않으면 곤란했다. 이쪽에는 정보 전문가가 있었고, 데일은 정보를 청구할 만큼의 권력도 갖추고 있었다. 공작 이외의 루트로도 이런 마을의 사제 한 명쯤은 저항할 수 없게 압력을 가하는 것도 가능했다.

"『요정족』상대로 일을 일으켰다던가요? 그 마을은 분명『요정족』과 교류가 깊어서『요정족』의『노래』를 활용한 관광 사업이 마을의 주산업이었을 텐데요.『요정족』이 공연을 거부하는 소동이 빚어졌다더군요."

그래서 허둥지둥 멀리 떨어진 크로이츠로 전속시킨 것이다.

그 마을에 있을 수 없게 됐으니까.

갑작스러운 인사이동으로 크로이츠의『노랑 신의 신전^{아스파르}』도 대혼란에 빠졌다.

라티나와 아이들의 담당이 바뀐 것도 이 때문이었다.

『그 마을』의 소동을 가라앉히기 위해 크로이츠의 고위 신관이 대신 그쪽 마을로 가게 되었다. 그 구멍을 메우고자 아이들의 담당이었던 신관이 자리를 이어받았다.

신전 사람들도 설마 대소동을 일으켜서 이동된 직후에 다시 똑같은 짓을 하리라고는 여기지 않았다.

그러나 정작 장본인은『자신의 주장은 틀리지 않다』고 마음 깊이 생각하고 있었다. 반성 따위 할 리가 없다. 왜냐하면『잘못된 것은 자신을 규탄하는 주위사람들』이니까.

"나의『가호』를 들어『재정』행사를 청구한다."

"그건……."

데일이 엄숙하게 고한 말을 듣고 사제^{상대}가 숨을 삼켰다.

그의 요구는 고위 신관에게 인정받은『권한』이었다. 어느 신의 신관이든, 어느 신의 신관에게나 행사할 수 있었다.

오늘 그가 평소 안 하던 성인을 지니고 정식 신관의 한 사람으로서 찾아온 가장 큰 이유였다.

"『한 식구』를 감싸고 싶은 기분도 모르지는 않지만, 이렇게 큰일을 저지른 족속을 계속 감싸겠다면 그만큼 각오가 필요할 텐데."

데일은 날카롭게 힐긋 시선을 주면서 못을 박고 말을 이었다.

"받아들일 수 없다면『빨강 신^{아흐마르}』의 신전을 경유해 청구할 따름입니다. 그렇게 되면 일련의 사실을 알면서도 묵인한 다른 신관도 문책을 받게 되겠지만요."

『빨강의 신』[아흐마르]은 전쟁의 신이며, 조정과 심판을 관장하는 신이기도 했다.

그의 신전은 각 토지의 법이나 권력을 초월해 『심판』을 내리는 기관이었다.

그곳에는 무자비할 정도로 『적절한 심판』이 내려진다.

자신들의 잘못을 이해하고 있는 자에게는 사형 선고와도 같은 말이었다.

—연대 책임으로 많은 자가 처벌받는 것이 싫다면 얌전히 장본인의 목을 잘라서 책임을 지게 하라— 데일이 요구한 사항을 한마디로 표현하자면 이런 것이었다.

—그때, 그 병실 안에서, 흐느끼는 라티나를 끌어안고 데일은 말했다.

전하고 싶은 말을, 전해야만 하는 말을, 『보호자』[당신들]라면 이번에야말로 피해서는 안 된다고 결심하고 입을 열었다.

"……하지만 라티나. 같은 『인간족』이었더라도 나는 라티나보다 분명 먼저 죽을 거야. ……내 쪽이 더 나이가 많고, 난 언제 죽어도 이상하지 않은 『일』을 하고 있어."

바라지 않았던 말을 듣고 라티나는 격렬하게 바르작거렸다.

그의 말을 부정하는 것처럼, 인정하고 싶지 않은 것처럼, 세차게 고개를 흔들고 비명과 닮은 울음소리를 냈다.

　온몸으로 「싫다」고 외치는 라티나를 데일은 단단히 끌어안았다.

　놓치지 않겠다고 팔 안에 가두었다.

　"하지만 라티나. 들어 줘. ……나는 너와 만나서 정말로 다행이라고 생각해. 한정된 시간 속에서 너와 지낼 수 있어 다행이라고 생각해."

　그녀에게 질세라 목소리를 높이면서 그는 마음을 전하고자 계속해서 말했다.

　그녀와 만났을 때부터 자신의 인생은 큰 변화를 맞이했다.

　진심으로 감사하고 있었다. 이 따뜻하고 사랑스러운 시간을 준 것은, 자신이 자신답게 있을 수 있도록 긍정해 주고 있는 것은, 다른 누구도 아닌 품 안에 있는 이 작은 아이니까.

　"나는 라티나와 만나서 좋았어. 그 사실은 절대로 후회하지 않아. ……그러니까 라티나도, 나랑 『만나지 않았으면 좋았을 텐데』라는 말은 하지 말아 줘……."

　라티나가 눈물이 그렁그렁한 얼굴을 들어 데일을 올려다보았다. 소리가 되어 나오지 않는 목소리로 뭔가를 호소하고자 했다. 훌쩍이면서 이때까지와는 다른 모습으로 고개를 저었다.

　"……아니…… 아니야……! 라, 라티나……."

　몇 번이나 콜록거리고 헐떡이며 그녀는 말을 자아냈다.

　"데일이랑, 만나서…… 좋았어…… 정말이야……."

　"고마워, 라티나. ……네가 그만큼 『이별』이 괴롭다며 운다는 건

우리가 너에게 그만큼 소중한 존재이기 때문이지? 난 기쁘다는 생각도 들어."

"……응. 데일은, 라티나에게 특별해. ……맞아……."

눈물로 젖은 라티나의 뺨에 키스하자 그녀는 놀란 표정을 지었다.

우는 얼굴보다 놀란 얼굴 쪽이 훨씬 보기 좋았다.

데일은 장난을 성공한 아이처럼 웃어 보였다. 그리고 라티나와 똑바로 눈을 맞췄다.

"난 라티나와 만나서 좋았어. ……언젠가 죽을 때가 오더라도 나는 분명히 그렇게 말할 수 있을 거야. ……그러니까 『그때』까지 함께 있자."

"응. ……라티나, 데일과 만나서, 다행이야……."

"사랑해."

"라티나도, 데일을, 제일 사랑해……."

아주 희미하게라도 미소 지어 준 그녀를 보고 크게 안도했다.

이 아이의 미소를 위해서라면 자신은 지금까지보다도 더 힘낼 수 있었다.

그런 생각을 가슴속에 품으면서—.

†

회복 마법의 은혜로 라티나의 상처 처치는 금방 끝났다. 그녀가 그 뒤로도 치료원에 머물러 있었던 것은 대량 출혈로 몸이 약해져 있었고, 그녀의 정신 상태가 불안정했기 때문이었다.

데일이 『노랑 신』의 신전에 쳐들어갔을 무렵, 라티나는 이미 치료원에서 퇴원한 상태였다. 그 뒤로도 신중을 기하며 『춤추는 범고양이』에서 요양하고 있었지만, 이것은 그녀 자신이 원했다기보다도 라티나를 걱정한 어른들이 그렇게 시켰다는 면이 강했다.

클로에가 찾아온 것은 그때였다.

클로에는 그때 처음으로 라티나가 한 일을 알았다.

그녀는 『사건』 후, 라티나가 충격을 받아서 쉬고 있다고 생각했었다. 설마 스스로 『뿔』을 부러뜨렸을 줄은 ─ 잔뜩 피를 흘려서 까딱 잘못했으면 라티나가 목숨을 잃었을지도 몰랐다 ─ 생각지도 않았었다.

그 결과.

짝, 하는 가벼운 소리가 데일과 라티나의 다락방에 울렸다.

뺨을 맞은 라티나는 눈을 동그랗게 떴다. 그에 반해 때린 장본인인 클로에 쪽은 글썽이고 있었다.

뚝뚝 눈물을 흘리면서 클로에는 다시 한 번 라티나를 때렸다.

남자아이들도 꺾어 누르는 평소 클로에를 생각하면 힘이 들어 있다고는 도저히 여겨지지 않는 행위이기는 했지만, 라티나는 놀라서 말도 못 했다.

클로에는 지금까지 라티나를 폭력에서 지켜 준 적은 있어도 폭력을 행사한 적은 없었으니까.

"바보! 라티나 이 바보! 무슨 짓을 한 거야!"

그리고 폭력을 행사한 쪽인 클로에가 훨씬 괴로워 보이는 표정을 짓고 있었다.

"예쁜 뿔이었는데! 그런 게 있든 없든, 라티나는 라티나인데! 게다가……"

라티나는 클로에가 우는 모습을 처음 보았다.

남자아이들보다 용감하고 늠름한 『절친』이 괴로워하는 얼굴에 라티나도 울고 싶어졌다.

"라티나…… 죽을 뻔했을지도 모를 일을…… 하다니, 진짜 바보야!"

마침내 소리 높여 울기 시작한 친한 친구(클로에)의 모습을 보고 라티나는 겨우 이해했다.

자신이 무섭고 두려워서 견딜 수 없었던 그 감각을 소중한 친구에게 맛보게 하고 말았다는 것을—.

"잘못했어…… 미안해…… 클로에……."

중간부터 목이 메어서 라티나도 역시 굵은 눈물방울을 흘렸다.

그 뒤로는 둘이서 끌어안고 큰 소리로 엉엉 울 뿐이었다.

계단 밑에서 소녀 둘이 우는 소리를 들은 데일은 그대로 발길을 돌려 아래층으로 내려갔다.

라티나에게 이런 『절친』이 있어 줘서 정말로 다행이라고 생각했다.

지금 라티나의 『제일』은 자신이지만, 열심히 하지 않으면 그 자리를 지키는 것도 어려우리라.

학교에서 클로에가 솔선해 라티나를 지켜 주었다는 이야기도 들었다. 『씩씩한』 소녀(그녀)라고 절실히 느꼈다.

그 후 『보호자』와 『절친』이라는 소중한 존재 두 사람 앞에서 감정을 전부 발산한 라티나는 들러붙어 있던 것이 떨어진 것처럼 개운한 얼굴이 되었다.

『사실』은 뒤집히지 않는다. 똑똑한 그녀는 그것을 충분히 이해하고 있었다. 그러나 『받아들이고 싶지 않다』는 『감정』에 휘둘린 결과였다.

그것도 라티나는 인정해 냈다.

『받아들이고 싶지 않다』고 바라는 그녀의 감정까지 모두 받아들여 주는 존재를 실감했으니까.

"라티나는 행복해."

툭 중얼거린 라티나는 머리를 풀고 있었다.

리본이 없는 상태지만, 그 머리에 이제 『뿔』은 없었다.

자세히 보면 머리카락에 가려진 뿔의 밑동을 확인할 수 있었으나 얼핏 봐서는 그녀가 『마인족』이라고 분간하기는 어려웠다.

"**라그**가 죽었을 때, 이제 라티나도 죽는다고 생각했어. 라티나를 찾아 주고, 같이 와도 좋다고 말해 줘서, 정말 기뻐서, 리타랑 케니스도 친절하고, 클로에와 친구들을 만나고, 매일 정말 즐거워서…… 라티나 잊어버릴 뻔했어."

데일의 가슴에 폭 안긴 라티나에게 저번과 같은 흥분된 감정은 없었다.

정말로 똑똑한 소녀라고 생각했다.

데일이 머리를 쓰다듬어 주자 조용히 기쁨에 찬 표정을 지었다.

"죽는 건, **이별**은, 반드시 오는 거라고…… **라그**가 알려 줬는데. ……라티나, 줄곧 이대로가 좋다고 생각해 버려서 **이별**이 무서워졌어."

"누구든 무서워. 나도 라티나가 크게 다쳤다는 얘기를 듣고 심장이 멈추는 줄 알았어."

"클로에도 울었어. ……그래서, 라티나 행복하구나 싶었어. 클로에도 라티나와 헤어지고 싶지 않다고 생각해 줘서 정말 기뻤어."

라티나는 그렇게 말하고 나이에 어울리지 않는 어른스러운 미소를 지었다.

앳된 모습이 두드러지지만 그래도 아름답다고 형용할 수 있는 얼굴에 행복과 감사를 담아 데일을 향해 웃었다.

"라티나, 이 마을^{크로이츠}에 와서 다행이야. 모두와 만나서 다행이야. ……라티나가 지금 행복한 건 전부 데일이 라티나를 찾아 줬기 때문이야. 고마워, 데일."

†

"라티나한테 그런 말을 듣고 나, 울 뻔했어."

드물게도 희석되지 않은 와인을 들이켜면서 말하는 데일의 그 이야기는 반쯤 자랑 같기도 했다.

마른안주가 든 접시를 탁 내려놓으며 케니스는 어이없다는 얼굴을 하고 있었지만, 그런 그 역시 라티나의 상태가 안정되어 진정된 모습을 보여 줄 때까지 충분하고도 넘칠 만큼 혼란스러워했었다.

뭐, 이번에는 그 리타조차 일이 손에 안 잡혀 평소라면 하지 않는 실수를 저지르기도 했으니 케니스를 두고 뭐라고 할 수는 없었다.

이 『춤추는 범고양이』에서 이제 라티나는 『있는 것이 당연한 소중한 존재』니까.

"오늘은 라티나의 완쾌 축하니까! 내가 모두에게 한 잔씩 쏜다!"

데일이 그렇게 가게 안을 향해 외치자 일제히 야유가 돌아왔다.

"쩨쩨하기는!"

"이럴 때는 전액 부담해야 하는 거 아니야?"

"시끄러! 너희한테 그런 말 했다가는 내가 파산할 때까지 마실 거잖아!!"

야유에 질세라 데일이 외치니 가게 안이 폭소에 휩싸였다.

"맞는 말이지!"

"리타, 이 가게에서 제일 좋은 술, 모두한테 돌려!"

"비장의 술이 있지."

그렇게 말하고 리타는 매우 근사하게 미소 지었다.

"왜 평소 안 파는 술을 내놓으려고 하는 거야?"

"그야 평소에는 비싸서 내놔도 안 팔리니까 그렇지."

"모처럼이니 우리 가게에서 제일 큰 맥주잔에 따라 줘."

"케니스?! 보통 이런 술을 맥주잔에 내놓진 않잖아?!"

"무슨 소리야. 점주가 괜찮다면 괜찮은 거야."

"맞아."

"이 부부가 진짜!"

그들의 대화에 더욱 큰 웃음이 일었다.

이렇게 흥겨운 소란이 벌어지면 평소에는 이 가게에서는 금기인 음유 시인의 독창회가 시작된다. 물론 연주 팁도 없는 무상 공연이지만 대신 예고 없이 노래자랑이 시작되었다.

유쾌한 분위기는 더욱 유쾌함을 불러서 평소에는 굳이 따지자면 조용한 『춤추는 범고양이』가 유례없는 떠들썩함에 휩싸였다.

"무슨 일이야? 뭔가 와자지껄해."

그런 소란을 듣고 방에서 자고 있었을 라티나가 눈을 비비며 모습을 나타냈다.

잠옷으로 삼고 있는 심플한 라벤더색 원피스 차림인 채였다.

그 순간, 우락부락한 사내들이 일제히 라티나 외치자 제아무리 그녀라도 움찔 놀랐다.

그러나 무법자로 화한 주정뱅이들에게 그런 것을 참작할 여지는 없었다.

"주인공 등장이다~!"

그런 외침과 함께 번쩍 들려서 가게 중심으로 옮겨졌다.

"뭐야? 뭐야?"

두리번거리는 라티나에게 대답해 주는 사람은 없었고, 일제히 쏟아지는 박수에 라티나는 눈을 끔뻑였다.

평소에는 말리는 쪽인 리타조차 웃으며 대량의 술잔을 나르고 있었다. 데일과 케니스도 웃고 있는 것을 보고 라티나는 놀라면서

도 얌전히 순응했다.

쾌활한 멜로디가 연주되었다.

주위 사람들이 모두 미소 짓고 있는 것을 보고 라티나도 기쁜 얼굴이 되었다.

임시 무대가 된 가게 중앙에서 이끄는 대로 음악에 몸을 맡겼다.

그리고 이날, 새로운 사실이 발각되었다.

라티나는 뭐든 솜씨 좋게 해내며 못 하는 것이 없어 보였지만, 그녀에게 음감과 리듬감은 없었다.

단골손님들.
친위대라는 이름의
작은 소녀와

『춤추는 범고양이』는 크로이츠에서 모험가들의 거점이 되는 가게다.

그 가게의 『단골손님』이라 불리는 사람들도 다소 다가가기 힘든, 강인하고 개성적인 자가 많은 경향이 있었다. 크로이츠에서 저명인사 중 한 명으로 꼽히는 질베스터 데리우스도 그러했다.

질베스터는 모험가로서 여러 위업을 이룩한 남자였다. 음유 시인이 그를 제재로 삼은 노래를 몇 개나 연이어 불렀고, 그 업적은 다른 나라에까지 전해져 있었다. 오랫동안 주요 활동의 거점으로 삼았던 라반드국에서는 모험가에 뜻을 둔 자 중에 그의 이름을 모르는 사람이 압도적으로 소수파일 것이다.

그는 지금 크로이츠 서구의 고급 주택가에 저택을 짓고 사는 중이었다. 명예와 함께 거액의 재산도 움켜쥔 그 남자는 반쯤 은퇴한 지금도 큰 존재감을 과시하고 있었다.

그가 『춤추는 범고양이』에서 눈을 번뜩이고 있는 것도 이 때문이었다.

모험가나 여행자가 우대받고 있는 크로이츠라는 도시는 모험가 자신의 자제가 요구되는 마을이기도 했다.

제한이 느슨하다는 이유로 도를 지나친 행동까지 허용하면 이 거리는 폭도가 활보하는 황폐한 곳으로 변한다. 현재의 풍족한 크로이츠를 유지하려면 규제 또한 필요했으며, 크로이츠의 풍요로움을 지키는 것은 모험가들의 고용 기회를 지키는 일이기도 했다.

그와 같은 모험가의 대부 격 인물이 엄중히 감독하고 있기에 여주인인 리타도 안전하게 『범고양이』를 꾸려나갈 수 있는 것이라고 할 수 있었다.

질베스터가 거의 끼니마다 식사하러 오는 것도, 매일 밤 값싼 술을 마시고 있는 것도 의미가 있는 행동이었다.

많은 모험가와 여행자가 출입하는 곳에서 그 동향을 감시하고 있는 것이다. 그러나 그뿐만이 아니라 그 인맥을 살려 모험가들의 상담역도 맡고 있었다. 지금도 그는 많은 모험가에게 경외 받는 존재였다.

"질 씨, 차 나왔어요."

"고마워, 아가씨."

라티나가 쟁반에 올려 가져온 잔을 받으면서 질베스터는 씩 웃었다. 하지만 그의 미소는 근방의 아이들이 얼굴을 일그러뜨리며 도망칠 정도로 흉악했다. 노년에 접어든 이 수염 난 남자의 외모는 모험가 중의 모험가라는 말이 제격일 만큼 험상궂었다.

"카드?"

"맞아."

"질 씨, 강하구나."

그리고 라티나라는 어린아이가 도시의 저명인사인 그의 활약을 알 리도 없었다. 항상 가게에 있는 다정한 아저씨라고 인식하고 있었다.

정보가 없으면 때로는 대낮부터 술을 마시며 카드 게임 등을 즐기는 아저씨 중 한 사람이었다. 위엄 따위는 없었다.

참고로 라티나의 친구들은 질베스터와 눈이 마주치면 가게 밖으로 쌩하니 뛰쳐나간다. 하지만 그것이 『평범한』 아이들의 반응이었다.

라티나의 반응이 특이한 것이다.

그녀는 『춤추는 범고양이』에 오는 손님들이 아무리 우락부락하고 흉악한 용모더라도 무서워하지 않았고, 겁먹지도 않았다.

지금도 질베스터 옆에서 카드 게임의 전황을 지켜보며 때때로 그들에게 방긋 사랑스러운 미소를 보여 주고 있었다.

그리고 아저씨들도 그녀에게 생긋 마주 웃었다. 아이들이 꿈에 볼 정도로 사나운 인상이라는 것은 자신들도 잘 알고 있었다.

그래도 이렇게 웃어 주면 이 작은 소녀는 기쁜 표정을 지었다. 웃는다고 돈 드는 것도 아니니 얼마든지 서비스하는 것도 당연했다.

†

"질 씨~."

거리를 걷던 중, 귀에 익은 목소리가 등 뒤에서 들려와 질베스터가 돌아보았다. 라티나가 크게 손을 흔들며 종종걸음으로 다가왔다.

"무슨 일이야? 아가씨."

"이거. 가게에 놓고 갔어."

"쫓아와 준 거니? 고맙다."

"천만에."

질베스터에게 작은 가죽 부대를 건네면서 라티나는 생긋 웃었다. 양쪽으로 묶인 백금색 머리카락과 노란 리본이 그 움직임에 맞춰 흔들렸다.

케니스나 다른 사람이었다면 「굳이 쫓아가지 않아도 또 금방 가게에 올 테니까 괜찮아.」라는 식으로 말했겠지만, 이 성실한 아이는 물건을 잃어버렸다는 것을 깨닫고 난처해하면 큰일이라고 생각해 쫓아와 준 모양이었다.

"아가씨, 괜찮아? 혼자서 돌아갈 수 있겠어?"

질베스터가 걱정스러운 목소리로 물은 것도 당연했다. 지금 그들이 있는 곳은 남구의 중심 부근이었다.

『춤추는 범고양이』가 있는 곳보다도 훨씬 치안이 불안한 구획이다.

"라티나, 갈 수 있어. 일직선인걸."

자신이 걸어온 방향을 검지로 척 가리키고 라티나는 어딘가 자신만만한 표정을 지었다. 이 아이는 긍지가 높은 면이 있었다. 주변 사람들이 자신을 『작디작은 어린아이』로 취급하는 게 불만스러운 것이다.

미아가 되는 것만이 걱정스러운 게 아니었지만, 거기까지 생각이 미치지 못하는 점이 아이 취급받는 충분하기 그지없는 이유였다. 아직 그녀의 행동은 어리고 사랑스러웠다.

"하지만……."

"괜찮아! 질 씨, 또 봐!"

그래도 걱정스러워하는 질베스터에게 손을 크게 흔들고 라티나는 휙 등을 돌렸다. 오렌지색 치마를 나부끼면서 그녀는 왔을 때와 똑같이 종종걸음으로 멀어졌다.

—질베스터의 불안은 적중했다.

『춤추는 범고양이』로 돌아가는 도중, 강한 바람이 불었다.

"꺄아!"

강풍을 받아 부풀어 오른 치마를 순간적으로 내리누른 라티나의 눈에 모래 먼지가 제대로 들어가 버렸다. 양손으로 눈을 비볐다. 바람에 휘날린 머리가 흐트러져 버렸다는 것은 눈을 감고 있는 그녀가 알 수 없는 일이었다.

풀어진 노란 리본 옆으로 부러진 검은 뿔 밑동이 슬쩍 비치고 있다는 것이나, 그 모습을 때마침 본 남자들이 야비한 미소를 지었다는 것도.

"아가씨."

"흐에?"

모르는 남자의 목소리에 눈을 비비고 있던 손을 내려 그쪽을 보았다.

라티나에게는 어떤 의미로 익숙한 풍모의 남자가 그녀를 향해 친근하게 웃고 있었다.

"……모험가?"

"맞아. 아가씨한테 물어보고 싶은 게 있는데."

"……문지기 아저씨나 **헌병** 아저씨한테 물어봐 주세요."

라티나는 딱딱한 목소리로 대답했다. 평상시의 명랑한 그녀와는 전혀 다른 대응이었다.

"그런 말 말고……."

남자가 한 발자국 다가가려던 순간. 라티나는 홱 달리기 시작했다.

"젠장!"

"놓치지 마!"

갑작스러운 그녀의 행동에 거친 말을 뱉은 남자의 목소리는 두 명분이었다. 라티나는 돌아보지 않고 달리면서 자신을 쫓는 존재의 상황을 파악했다.

'어쩌지…….'

데일이나 케니스가 그녀에게 늘 말했다. 자신과 같은 『뿔이 부러진 마인족』은 나쁜 생각을 하는 무리에게 노려지기 쉬운 존재라는 것은 분명히 알고 있었다.

손으로 머리를 만지고 리본이 풀려 버렸다는 것을 확인했다. 아마 상상한 대로일 것이다.

'저 사람들은…… **좋지 않은 사람**.'

친구들과도 자주 노는 그녀는 보기보다 체력이 있었다. 길 가는 사람들의 발치를 달려 나가는 속도는 상당했다.

'어떡해……『범고양이』에서 멀어져…….'

그렇다면, 하고 마을 외벽 쪽으로 진로를 바꾸었다. 그곳에는 문지기가 상주하고 있었다. 그녀를 아는 단골손님 문지기가 있을지도 모른다. 도움을 구할 수 있을 것이다.

그러나 그녀의 생각은 상대에게 읽혀 버린 모양이었다.

"……!"

그녀의 진로 앞에 부자연스럽게 튀어나온 남자의 모습을 보고 라티나는 급회전해 방향을 전환했다.

"요리조리 성가시게!"

"상등품이야! 큰 흠집은 남기지 마!"

'어쩌지…… 어쩌지…….'

여차하면 공격 마법을 **연타**할 수밖에 없다. 위력을 집중시킨 마법을 급소에 확실하게 때려 박는다면 무력화할 수 있을 것이다. 『뿔』을 부러뜨린 사건 이후로 데일은 공격 마법을 쓰지 말라고 금지했지만 지금은 어쩔 수 없었다.

—그녀는 미련 없이 마음을 쉽게 다잡는 면도 있었기에 처음부터 상대를 확실하게 쓰러뜨릴 방법을 생각하고 있었다. —그것은 아마 그녀를 키운 부모들의 교육 방침이 이루어 낸 결과일 것이다.

하지만 그때 그녀는 익숙한 인물의 뒷모습을 발견했다.

안도감에 눈물이 왈칵 차올랐다.

—그녀가 『실행』에 옮기기 전이었다는 것을 생각하면, 어쩌면 그녀를 쫓아온 남자들에게도 행운이었을지도 모른다.

"질 씨!!"

울먹이는 라티나의 목소리.

그 목소리를 듣고 돌아본 남자의 형상은 그야말로 귀신도 걸음아 날 살려라 도망칠 만큼 흉악했다.

"아가씨, 무슨 일이야?"

"질 씨. 질 씨……!"

질베스터에게 힘껏 매달린 라티나는 눈물을 글썽이고 있었다. 그의 사나운 인상에는 겁먹지 않고 안도와 신뢰의 표정을 보냈다.

숨을 헐떡이며 달려온 라티나와 그녀를 쫓고 있던 낯선 2인조를 보고, 질베스터는 무슨 일이 일어났는지 곧장 알아차렸다.

그의 분노에 찬 시선을 받자 라티나를 쫓던 2인조의 표정이 공포로 일그러졌다. 그들은 서로 교활한 시선을 주고받고서 발뺌하기를 선택한 모양이었다.

"아니…… 딱히, 저희는 아무것도……."

"그 애가 길을 잃은 것 같길래 말을 걸었을 뿐이에요."

이 남자들의 행동은 어디까지나 『미수』였다.

원래대로라면 그 변명에 깊이 추궁하지는 않았을 것이다.

그러나 상대가 나빴다.

노린 상대도 나빴다.

질베스터의 표정은 꿈적도 하지 않았다.

꽉 움켜쥔 주먹은 그것만으로도 충분한 흉기였다.

"하고 싶은 말은 그게 다인가. 그럼 죽어."

거의 은퇴해 있다고는 하지만 질베스터는 전설급 모험가였다. 그 분노를 받은 양아치급 모험가들이 벌벌 떠는 것도 당연했다.

얼굴이 새파래져서 딱딱거리며 이를 부딪쳤다.

"거기서 뭣들 하는 거지?!"

그때 엄정한 목소리가 울렸다. 일동이 시선을 돌리자 그곳에는 헌병 몇 명이 있었다.

크로이츠의 치안 유지가 임무인 헌병대의 모습을 보고 『범죄 미수자』인 남자들이 안도한 표정을 지었다. 그들의 마음속 소리를 대변하자면 「살았다.」라고 할 수 있을 것이다.

그러나 유감스럽게도.

헌병들의 대장인 나이 많은 남자는, 질베스터와 그의 등 뒤에 숨어 울상을 짓고 있는 라티나의 모습을 확인하자 즉시 판단을 내렸다.

―『춤추는 범고양이』에는 헌병이나 문지기 일을 하는 단골손님도 많았다. 그것은 분위기나 요금 면에서도 이용하기 편한 가게라는 점이 컸다. 하지만 그뿐만이 아니라 역시 치안 유지를 담당하는 자들은 『모험가』들의 동향에 주의를 기울일 필요가 있었다. 모험가들의 거점 가게에 얼굴을 내밀고 귀를 기울이며 두루 살피는 것 또한 중요한 직무였다.

노골적으로 험악한 분위기가 되는 일이야 없다지만 역시 모험가들과 헌병들 사이에는 골이 있었다.

그래도 현재 그들은 어느 한 점에 관해서는 『동지』였다.

단골손님들은 데일을 보며 『딸 바보』라고 입을 모은다.

하지만 그것과 라티나가 사랑스러운 건 별개의 문제였다. 이 작은 아이가 가게 안을 아장아장 걸어 다니는 모습을 보며 치유받거나, 물이 든 유리잔을 작은 손으로 내밀어 주는 것에 감동하거나, 생글생글 웃어 주는 것에 마음이 따뜻해지는 것은 어쩔 수 없는 일이었다.

「일, 무리하지 마세요.」라든가 「또 와 주세요. 다치지 마시고요.」라는 식으로 말하며 배웅해 주는 소녀가 사랑스럽지 않을 리 없지 않은가.

─데일뿐만 아니라 모험가라는 거친 생업에 몸담은 자들은 많든 적든 『치유』에 굶주려 있었다.

헌병들도 마찬가지였다. 거친 자들을 상대하는 일이니 어설픈 실력으로는 일을 해낼 수 없었기에, 그들 또한 지켜야 할 마을 사람들마저 무서워하고 겁먹는 용모를 지닌 자들이었다.

「언제나 순찰, 수고 많으세요.」 등의 말을 비호해야 할 존재의 상징 같은 소녀가 들려주는데, 일할 의욕이 샘솟지 않을 리가 없었다.

라티나는 틀림없이 그들, 『춤추는 범고양이』 단골손님들의 아이돌이었다.

가자니 태산이고 돌아서자니 숭산이었다. 라티나를 울렸다는 대죄를 저지른 자에게 내려질 심판에는 정상 참작을 고려할 여지 따위 없었다. 그래도 그들은 입을 모아 이렇게 말할 것이다.

「보호자에게 걸리는 것보다는 낫다.」— 그에게 일이 전해지기 전
에 처리하고 있는 것이야말로 온정이었다.

그날 밤『춤추는 범고양이』에서는 단골손님들 사이를 그 작은 몸
으로 커다란 술병을 껴안고 술을 따라주며 돌아다니는 라티나의
모습을 볼 수 있었다.

질베스터뿐만 아니라 헌병대 대장에게도 가서 발돋움하여 술잔
을 채웠다.

보호자인 데일의 감사 인사나 답례품 같은 것보다도, 이 어린아
이의 정성스러운 서비스 쪽이 수요가 있었다. 그 결과가 이 광경이
었다.

라반드국 제2의 도시 크로이츠. 이 마을에는 현재 계속 확대되
고 있는 일대 세력이 존재하고 있다.

조직의 구성원은 신분의 귀천도 직업도 다양했다. 원래는 입장상
대립 관계에 있는 모험가의 대부와 마을 헌병대 대장이 조직의 투
톱이라는 말도 있었다.

그 밖에도 쟁쟁한 모험가들이 명성을 높이며, 최근에는 젊은 신
참 모험가들의 지지도 모으고 있는 그 조직은 통칭『백금의 요정 공
주를 보살피는 모임』, 다른 이름으로는『작은 아가씨 친위대』였다.

라티나는 어느새 『보호자』도 모르는 곳에서 크로이츠 일대 파벌
의 정점에 군림하고 있었다.

■작가 후기

「나비의 날갯짓이 토네이도를 일으킨다」고 합니다만, 「운동회에 갔더니 소설가가 되었다」는 일이 일어날 줄은 몰랐습니다.

처음 뵙겠습니다. 인터넷상으로 읽어 주셨던 분들은 반갑습니다. CHIROLU라고 합니다. 이번에는 졸작 『우리 딸을 위해서라면, 나는 마왕도 쓰러뜨릴 수 있을지 몰라.』를 골라 주셔서 진심으로 감사드립니다.

서두에서 언급한 말을 설명하자면 「운동회에 참가한다는 투어 여행」의 신청이 스마트폰이나 컴퓨터로만 할 수 있었다는 것이 모든 일의 시작이었습니다. 피처폰을 쓰던 저는 신청하기 위해 핸드폰을 바꿨고, 그 후 「모처럼 스마트폰으로 바꿨으니까」라며 그때까지 경원시했던 웹 소설이라는 것을 보게 되었습니다. 몇 군데 사이트를 거치며 탐독하다 보니 직접 글을 써 보고 싶어졌고, 저같이 컴퓨터가 없어도 스마트폰으로 간편하게 투고할 수 있었기에 그것을 실행에 옮겼습니다. 중단편을 몇 화 완성하고 살짝 대담해져서 착수한 장편 소설. 그것이 타이밍과 행운을 만나 많은 분께 선보일 기회를 얻었습니다. 인생은 도전해야 한다고 예전 상사에게 호된 설교를 들었다는 일화를 거치며, 이것저것 하는 사이에 이번 서적화 이야기가 나왔습니다. 이렇게 되기까지 약 1년.

솔직히 대체 무슨 일인가 싶은 심경입니다.

그때 여행을 신청하려고 하지 않았다면 여전히 배터리 수명이 간당간당한 피처폰을 들고 다녔을지도 모릅니다. 스마트폰이 아니라 컴퓨터를 샀다면 웹 소설을 탐독하는 일은 없었을 겁니다. 컴퓨터로만 투고할 수 있는 시스템이었다면 저는 이런 형태로 창작 활동을 하지 않았겠지요.

되짚어 보아도 몇 가지 우연과 기회가 겹쳤다고밖에 여겨지지 않습니다.

『일상』을 조금 바꿔 주려나 싶어서 참가했던 여행이었습니다만 전혀 예상치 못했던 방향으로 그 예감이 들어맞은 모양입니다.

마지막으로, 애써 주신 모든 관계자 여러분. 사랑스러운 모습으로 『딸』을 그려 주신 트뤼프 님. 그리고 무엇보다도 수많은 작품 중에서 이 책을 골라 주신 여러분께 진심으로 감사할 따름입니다.

조금이라도 『우리 딸』을 보며 마음이 따뜻해지셨기를 바랍니다.

2015년 2월 CHIROLU

우리 딸을 위해서라면, 나는 마왕도 쓰러뜨릴 수 있을지 몰라. 1

1판 1쇄 발행 2016년 10월 10일
1판 10쇄 발행 2018년 9월 12일

지은이_ CHIROLU
일러스트_ Truffle
옮긴이_ 송재희

발행인_ 신현호
편집국장_ 김은주
편집진행_ 최은진 · 김기준 · 김승신 · 원현선 · 권세라
편집디자인_ 양우연
국제업무_ 정아라 · 고금비
관리 · 영업_ 김민원 · 이주형 · 조인희

펴낸곳_ (주)디앤씨미디어
등록_ 2002년 4월 25일 제20-260호
주소_ 서울시 구로구 디지털로 26길 111 JnK디지털타워 503호
전화_ 02-333-2513(대표)
팩시밀리_ 02-333-2514
이메일_ lnovelpiya@naver.com
ㄴ노벨 공식 카페_ http://cafe.naver.com/lnovel11

UCHINO KONO TAMENARABA, OREHA MOSHIKASHITARA MAOUMO TAOSERU
KAMOSHIRENAI. 1
ⓒ 2015 CHIROLU
Originally published in Japan in 2015 by HOBBY JAPAN Co., Ltd.

ISBN 979-11-278-2429-7 04830
ISBN 979-11-278-2428-0 (세트)

값 9,800원

거미입니다만, 문제라도?

바바 오키나 지음 | 키류 츠카사 일러스트 | 김성래 옮김

분명히 여고생이었을 텐데 정신을 차리고 보니
「나」는 본 적도 없는 곳에서 《거미》라는 괴물로 전생해버렸다?!
어미 거미의 동족 포식을 피해 도망쳤지만 방황 끝에 도착한 곳은 괴물들의 소굴.
독개구리, 왕뱀, 거대 늑대, 심지어 용까지 설치고 다니는 최악의 던전.
힘없는 조그만 거미인 「나」는 이곳에서 무사히 살아갈 수 있을 것인가……?
으악, 되도 않는 소리는 작작 하란 말이야!
나를 이런 상황으로 몰아넣은 놈 누구야! 당장 튀어나와!!

**수많은 인터넷 독자들이 응원하는
거미양의 서바이벌 생활, 당당히 개막!**

라이트노벨의 새로운 빛! ㄴ노벨의 신간은 매월 10일에 발매됩니다. http://cafe.naver.com/lnovel11

마력을 쓰지 못하는 마술사 1~2권

타카나시 히카루 지음 | 아카이 테라 일러스트 | 송재희 옮김

사고로 목숨을 잃은 청년은 신의 의뢰로 동경했던 판타지 세계에서 환생하게 되었다.
신이 보여준 세계는 용도 있고 마법도 있으며 마법사의 지위가 높은 이세계였다.
그는 마법사 집안의 장남인 유리스로 환생하게 되지만
기다리고 있던 것은 생각지도 못했던 『낙오』 인생이었다.
"마력은 쓰지 않았으면 한다."
신에게 받은 임무를 가슴에 품은 그는 마력 제일주의 세계에서
마력을 쓰지 않고 어떻게 살아가겠다는 것일까.
유리스는 마력을 쓰지 못하는 핸디캡을 가졌지만 서서히 성장해간다.
거기서 만난 용의 알 하나. 새끼 흑룡과 계약한 유리스는
용을 타고 세계를 날아다니는 기룡사로서 인생을 걸어가기 시작한다.

마법사가 우대받는 이세계
마력을 쓰지 못하는 낙오자가 살아가는 법!

라이트노벨의 새로운 빛! L노벨의 신간은 매월 10일에 발매됩니다. http://cafe.naver.com/lnovel11

©2014 Tsumugi Kuchiba/Makoto Sanada
Illustration:Takeshi Sakoda

안개비가 내리는 숲 상권

사나다 마코토 원작 | 쿠치바 츠무기 지음 | 사코다 타케시 삽화 | 송재희 옮김

그 숲에서 두 사람은
「귀신」과 약속을 맺었다……

기억이 지워져 버린 소녀와
목소리를 빼앗겨 말할 수 없게 된 소년이
10년 후, 또다시 〈약속의 장소〉에서 만난다―.

대인기 프리호러게임 『안개비가 내리는 숲』 소설화!!

라이트노벨의 새로운 빛!! ㄴ노벨의 신간은 매월 10일에 발매됩니다. http://cafe.naver.com/lnovel11